Пауло Коэльо

Книги Пауло Коэльо:

Дневник мага

Алхимик

Брида

Валькирии

Мактуб

На берегу Рио-Пьедра села я и заплакала

Пятая гора

Книга воина света

Вероника решает умереть

Дьявол и сеньорита Прим

Одиннадцать минут

Заир

Ведьма из Портобелло

Победитель остаётся один

Алеф

Манускрипт, найденный в Акко

Адюльтер

Мата Хари. Шпионка

Пауло Коэльо

МАТА ХАРИ
ШПИОНКА

Издательство АСТ
Москва

УДК 821.134.3-31(81)
ББК 84(7Бра)-44
К76

Серия «Лучшее от Пауло Коэльо»

Перевод с португальского *Александра Богдановского*

Оформление обложки *Екатерины Елькиной*

Коэльо, Пауло.

К76 Мата Хари. Шпионка /Пауло Коэльо; [пер. с португ. А. Богдановского]. — Москва: Издательство АСТ, 2016. — 256 с. — (Лучшее от Пауло Коэльо).

ISBN 978-5-17-099182-2

От детства в маленьком голландском городке и брака с алкоголиком на Яве — к покорению Парижа, куда Мата Хари приехала без денег и где вскоре приобрела славу одной из самых элегантных женщин эпохи, — всю жизнь Мата Хари следовала своей правде, всегда была честна с собой и свободна от предрассудков и шаблонных истин. Она дорого за это заплатила.

Пауло Коэльо с блистательным мастерством погружается в ее жизнь и воскрешает ее для современных читателей как живой пример того, что даже самые высокие деревья берут начало в маленьком зернышке.

УДК 821.134.3-31(81)
ББК 84(7Бра)-44

Книга издана с разрешения
Sant Jordi Asociados Agencia Literarie S.L.U., Barcelona, SPAIN
Originally published as A Espiã (The Spy) by Paulo Coelho

www.paulocoelho.com
www.paulocoelhoblog.com

ISBN 978-5-17-099182-2

О Мария, без греха зачатая,
моли Бога о нас, к Тебе прибегающих.
Аминь.

Когда ты идешь с соперником своим к начальству, то на дороге постарайся освободиться от него, чтобы он не привел тебя к судье, а судья не отдал тебя истязателю, а истязатель не ввергл тебя в темницу;

Сказываю тебе: не выйдешь оттуда, пока не отдашь и последней полушки.

Лк. 12:58—59

Основано на реальных событиях

ПРОЛОГ

Париж, 15 октября 1917 года — *Антон Фишерман и Генри Уэллс для «Интернешнл ньюс сервис»*

Около пяти утра группа из восемнадцати мужчин, почти все — офицеры французской армии, поднялась на второй этаж парижской женской тюрьмы Сен-Лазар. Надзиратель с факелом, указывая дорогу, довел их до камеры номер 12.

За порядком в Сен-Лазаре смотрят монахини. Дверь камеры открыла сестра Леонида и попросила прибывших подождать, потом вернулась внутрь, чиркнула спичкой о стену, зажгла лампу. Подозвала к себе другую сестру.

Потом осторожно, очень нежно и бережно обняла крепко спящую узницу. Та не спешила проснуться, словно происходящее ее не касалось. Сон ее, как утверждали монахини, был безмятежен, безмятежным было и пробуждение. Не поразило ее и известие о том, что на прошение о помиловании, отправленное несколько дней назад, президент республики ответил отказом. Невозможно было понять, ощутила ли она горечь или облегчение от того, что близится конец.

По знаку сестры Леониды в камеру вошли отец Арбо, капитан Бушардон и адвокат, мэтр Клюне. Ему узница вручила длинное письмо-завещание, которое составляла целую неделю, и два коричневых конверта с газетными вырезками.

Она натянула черные шелковые чулки — что в этих обстоятельствах выглядело несколько вызывающе — обула высокие ботинки, украшенные шелковыми бантами, поднялась с топчана, сняла с вешалки в углу длинное, до пят, меховое манто, отделанное по обшлагам и воротнику другим мехом, похожим на лисий. Надела его поверх плотного шелкового кимоно, в котором спала.

Черные ее волосы были в беспорядке, она аккуратно причесала их и заколола на затылке. Надела фетровую шляпу, завязала под подбородком шелковые ленты, чтобы не сорвал ветер на том пустыре, куда ее везли.

Неторопливо наклонилась за черными кожаными перчатками. Потом повернулась к пришедшим, сказала безразлично и спокойно:

— Я готова.

Все вышли из камеры и направились к автомобилю с работающим мотором, готовому отвезти их к месту, где уже дожидалась расстрельная команда.

Автомобиль сорвался с места, на запретно-высокой скорости промчался по спящим еще улицам города и двадцать минут спустя остановился на плацу у казарм бывшего Венсенского форта, разрушенного немцами в 1870 году.

Все вылезли из автомобиля — Мата Хари последней.

Солдат уже выстроили для приведения приговора в исполнение. Расстрельная команда состояла из двенадцати зуавов под командой офицера с саблей наголо.

Покуда отец Арбо говорил что-то приговоренной, подошел какой-то лейтенант и протянул одной из монахинь кусок белой ткани:

— Завяжите ей, пожалуйста, глаза.

— Это что, обязательно? — спросила Мата Хари, не прикасаясь к повязке.

Адвокат Клюне вопросительно поглядел на лейтенанта.

— Нет, не обязательно, — ответил тот. — Только если вы, сударыня, сами захотите.

Ей не скрутили руки за спиной, не завязали глаза. Священник, монахини и адвокат отошли от неё, и она, равнодушно глядя на палачей, осталась одна.

Офицер с саблей, который как будто тоже сумел унять волнение, не спускал глаз со своих солдат: по обычаю, одна из винтовок была заряжена холостым патроном, и никто не знал, какая именно, так что каждый мог бы заявить, что роковой выстрел произвел не он. С минуты на минуту все будет кончено.

— Готовьсь!

Все двенадцать выпрямились и вскинули винтовки.

Приговоренная даже не вздрогнула.

Офицер встал так, чтобы солдаты видели его, и поднял саблю.

— Цельсь!

Стоявшая перед ними женщина по-прежнему не выказывала ни малейшего признака страха.

Сабля со свистом описала в воздухе дугу и опустилась.

— Пли!

Когда раздался залп, взошедшее солнце осветило вырвавшиеся из ружейных стволов вспышки и сразу вслед за тем — легкие дымки. После этого солдаты одновременно опустили винтовки наземь.

Какую-то долю секунды Мата Хари оставалась неподвижна. Она умерла не так, как это показывают в кино. Не рухнула навзничь, не повалилась ничком, не воздела рук к небу, не раскинула их. Просто осела наземь, по-прежнему держа голову высоко, а глаза — открытыми. Один из солдат упал без чувств.

Потом ее колени подогнулись, тело завалилось вправо, и длинное манто накрыло подобранные ноги. Женщина застыла лицом вверх.

Вынув из кобуры револьвер, третий офицер в сопровождении лейтенанта подошел к безжизненному телу. Наклонился над лежащей, приставил оружие ей к виску, но так, чтобы срез дула не коснулся кожи. Нажал на спусковой крючок, и пуля прошила мозг шпионки. Офицер выпрямился, обернулся к присутствующим и не без торжественности произнес:

— Мата Хари мертва, господа.

ЧАСТЬ ПЕРВАЯ

Дорогой мэтр Клюне,

Мне неведомо, что будет со мною через неделю. Прежде я всегда глядела в будущее с надеждой, но чем дальше, тем мрачнее делается у меня на душе и тем горше мое одиночество.

Если сбудется все, на что я надеюсь, вы никогда не получите этого письма. Меня должны помиловать. Не зря же я почти всю жизнь обхаживала своих высокопоставленных друзей? В этом случае я сохраню его для дочери, пусть она прочтет и узнает, кем была ее мать.

Если же я ошибаюсь и мне предрешен иной исход, я не жду, что вы сохраните эти страницы, хотя я и посвятила им последнюю, быть может, свою неделю на этой земле. Я не витаю в облаках и знаю, что, окончив одно дело, адвокат переходит к следующему, даже не оглянувшись на клиента.

Теперь я отчетливо вижу, что произойдет дальше: отныне вы станете нарасхват — вы защищали военную преступницу и снискали себе признание. Люди будут толпиться у ваших дверей, умоляя вас принять их дело. Вы не выиграли процесс, но стяжали лавры. Журналисты станут осаждать вас в надежде узнать ваше мнение о моем деле, вы станете обедать в самых дорогих ресторанах города, и повсюду вас будут провожать уважительные и ревнивые взгляды коллег. Вы знаете, что не существует ни единого доказательства моей вины, ничего, кроме подтасованных документов, но вы никогда не позволите себе признаться публично, что отправили на смерть невинную женщину.

Невинную? Возможно, я не очень точно выбрала слово. Даже в тот день, когда я впервые ступила на камни парижской мостовой, меня нельзя было назвать вполне невинной. Я думала, что сумею обмануть тех, кто ждал от меня государственных секретов, я думала, что все они — немцы, французы, англичане, испанцы — окажутся передо мною бессильны, а в итоге изнемогла сама. Я безнаказанно попирала закон — закон, по которому этот мир принадлежит мужчинам, — я осмеливалась быть в этом мире свободной и независимой женщиной. Я осуждена за шпионаж, хотя доставались мне только обрывки сплетен из великосветских салонов.

Да, я называла эти сведения «секретными», меня тешили деньги и власть. Но всем, кто сегодня меня обвиняет, прекрасно известно, что я ни разу не сказала ничего нового.

Досадно, что никто об этом не узнает. Досадно, что эти письма быстро окажутся в пыльном ящике, битком набитом другими архивными бумагами, и увидят свет, только когда вашему преемнику или преемнику вашего преемника понадобится немного свободного места и он выбросит вон папки со старыми делами.

К этому моменту мое имя уже канет в безвестность, впрочем, я пишу не для того, чтобы напомнить о себе. Мне хочется понять самое себя. Почему? Как могло статься, что женщина, на протяжении стольких лет неизменно добивавшаяся всего, чего хотела, оказалась приговорена к смерти за такой пустяк?

Я оглядываюсь на свою жизнь и понимаю, что память — это река, текущая к истокам. Воспоминания изменчивы, прихотливы, в них предстает пережитое, и бывает, что от одной какой-нибудь малой малости, от ничтожной мелочи, от еле слышного звука у нас перехватывает горло. В мою камеру проникает запах пекущегося хлеба, напоминая мне о том времени, когда я свободно сиживала в кафе, и это подтачивает мои силы куда верней, чем постоянный страх смерти и одиночества.

Воспоминания приводят с собою демона по имени Уныние, и от этого кровожадного чудовища нет спасенья. Услышать, как напевает кто-то из узниц, обрадоваться письмам от немногих верных поклонников, которые ни разу не дарили мне ни роз, ни жасмина, вспомнить незначительный эпизод, случившийся со мною где-нибудь в путешествии и не тронувший меня тогда — вот и все, что осталось от моей кочевой жизни.

Я не могу сопротивляться воспоминаниям, я бессильна перед ними, а с ними является кое-что пострашнее Уныния — угрызения совести: только они не покидают меня в заключении, не считая монахинь, заглядывающих иногда перемолвиться со мной словом. Добрые женщины не говорят мне о Боге, не осуждают меня за то, что общество называет «распутством». Стоит лишь им заговорить со мной, как немедленно подхватывает меня поток воспоминаний и, погрузившись в него, будто стремясь вернуться в прошлое, я плыву против течения к своим истокам.

Одна из сестер как-то спросила меня:

— Если бы Господь даровал вам вторую жизнь, вы прожили бы ее иначе?

Я ответила «да», но, сказать по правде, сама не знаю, так ли это. А знаю только, что сердце мое подобно городу-призраку, населенному страстями, одиночеством, стыдом, гордыней, предательством и печалью. И я не способна это избыть, даже когда скорблю о своей судьбе и плачу в тишине.

Я выбрала скверное время, чтобы родиться женщиной, и это уж никак не поправить. Мне не дано знать, будут ли обо мне помнить в будущем, но если случится так, хочу, чтобы во мне видели не жертву, но человека, который бесстрашно шел своей стезей и не боялся платить за это полную цену.

Как-то в Вене я познакомилась с одним господином, пользовавшимся чрезвычайным успехом среди австрийцев. Его имени я не запомнила, а фамилия его была Фрейд, и люди восхищались им оттого, что он вернул им возможность былой невинности; переложил наши грехи на наших родителей.

Но сейчас я пытаюсь понять, в чем провинилась передо мною моя семья, и не могу найти никаких грехов. Адам Зелле и милая Антье дали мне все, что можно было получить за деньги. У них была шляпная мастерская, кроме того, они вложили деньги в нефтедобычу, раньше других сообразив, как это выгодно, и их доходы позволили мне получить образование в частной школе, научиться танцам и верховой езде. Когда меня начали называть продажной женщиной, отец написал книгу в мою защиту — безо всякой на то надобности, меня абсолютно устраивала моя жизнь, а книга лишь подлила масла в огонь обвинений: теперь меня звали проституткой и лгуньей.

Да, я была проституткой — если вам угодно так называть ту, что дарует наслаждение и нежность и получает взамен услуги и драгоценности. Да, мне случалось лгать, но так неумышленно и беспечно, что я сама частенько забывала о собственных вымыслах, и чтобы выкрутиться, мне требовалась немалая изворотливость.

Я ни в чем не могу упрекнуть своих родителей: разве виноваты они, что произвели меня на свет в забытом богом городке Леувардене — даже голландцы, мои земляки, не знают, где он находится, верней, в каких краях затерян: там не происходило ровным счетом ничего, и дни были неотличимы друг от друга. Уже в ранней юности подруги начали мне подражать — так я узнала, что хороша собою.

В 1889, когда счастье изменило моей семье: отец разорился, а мать заболела (и два года спустя умерла), мои родители, желая мне лучшей доли, отправили меня в Лейден с твердым намерением продолжить мое образование, чтобы я могла получить место воспитательницы в детском саду, покуда небеса не пошлют мне супруга, готового взять на себя все заботы. В день моего отъезда в Лейден мать подозвала меня и протянула горстку подсолнечных семечек:

— Возьми это с собою, Маргарета.

Маргарета, Маргарета Зелле — как я ненавидела это имя. Меня окружали толпы Маргарет, названных, как и я, в честь знаменитой в те времена театральной актрисы.

Я спросила, на что мне семечки.

— Это не просто семечки. Они могут научить тебя кое-чему. Запомни, подсолнух —

всегда подсолнух, даже в том виде, в котором он теперь перед тобою, и его семечки легко спутать с семечками других цветов. Что ни делай с семечками, никому не под силу вырастить из них розу или тюльпан, символ нашей страны. Если сам подсолнух вздумает отречься от своей сути, он будет влачить жалкое и унылое существование и в конце концов умрет. Будь подсолнухом, научись благодарно и радостно принимать свою судьбу, какой бы она ни была. Юные цветы пленяют своею красой, но, увядая, они оставляют семена, чтобы следующее поколение цветов продолжило славить Господа.

Она ссыпала семечки в мешочек, который — я видела — аккуратно вязала несколько дней подряд, хотя порою ей становилось совсем худо.

— Цветы учат нас, что на свете нет ничего вечного. Не вечны ни юная краса, ни увядание, потому что с ним приходят новые семена. Помни об этом в часы веселья, уныния или тоски. Все проходит, стареет, умирает и воскресает.

Сколько бурь я должна была пережить, чтобы понять всю глубину ее слов? Но в тот момент они показались мне лишенными смысла, и я дождаться не могла, когда же покину свой удушливый город с его одинаковыми днями и ночами. Сейчас, когда я пишу эти строки, я понимаю, что мать моя говорила не только обо мне, но и о себе.

— Самое высокое дерево вырастает из крохотного семечка. Не забывай об этом и не старайся ускорить бег времени.

Мы поцеловались на прощанье; отец отвез меня на станцию. В дороге мы почти не разговаривали.

Почти от всех мужчин, с которыми я была близка, я получала и удовольствие, и подарки, они вводили меня в общество, и я ни разу не раскаялась в том, что встретилась с ними. Единственное исключение — самый первый из них, директор моей школы, взявший меня силой, когда мне было шестнадцать лет.

Он вызвал меня к себе в кабинет, запер дверь, потом запустил одну руку мне под юбку, а другой начал ублажать себя. Я пыталась вырваться, повторяла жалобно, что сейчас не время, что кто-нибудь может войти, но он молча смахнул бумаги со своего стола, развернул меня к себе спиною, толкнул вперед, заставив облокотиться на стол, и овладел мной грубо и торопливо, потому что опасался, что нас и впрямь застанут в таком виде.

Мать однажды завела со мною беседу, полную намеков, околичностей и недомолвок, и кружными путями объяснила мне, что «сблизиться» с мужчиною можно только по любви и только когда это любовь навеки. Я выбралась из кабинета директора в страхе и растерянности и с твердым намерением сохранить в тайне произошедшее — и сохранила бы, не заговори об этом кто-то из соучениц. Тогда я узнала, что подобное произошло еще с двумя девочками. Но что мы могли поделать? Пожалуйся мы — и нас выгнали бы из школы, и пришлось бы нам возвращаться домой, где нам бы все равно не поверили, так что нам оставалось молчать и терпеть. У меня было единственное утешение — знать, что я не одна такая. Позже, когда Париж заговорил обо мне и о моих танцах, одна из подруг проболталась о моем секрете другой, та — третьей, и вскорости весь Лейден знал, что со мною случилось. Директор к тому времени уже вышел в отставку, и никто не осмелился предъявить ему никакого обвинения. Куда там! Кое-кто даже позавидовал ему — первому мужчине восходящей звезды.

С тех пор физическая близость стала для меня чем-то сугубо механическим, не имеющим ничего общего с любовью.

К тому же Лейден оказался еще хуже Леувардена: знаменитая школа, готовившая воспитательниц, лес, дорога да толпа девиц, не имеющая иных занятий, кроме как учиться присматривать за детьми. Как-то раз, маясь от скуки, я вяло проглядывала раздел брачных объявлений в газетке соседнего городка. И вдруг увидела:

Рудольф Маклеод, шотландец по происхождению, офицер голландской армии, проходящий сейчас службу в Голландской Ост-Индии, познакомится с юной девушкой с целью заключения брака.

Вот оно — мое спасение! Офицер. Ост-Индия. Иные берега, экзотика, неведомые миры. Хватит с меня тоскливой протестантской Голландии, недоверчивой, косной и подозрительной. Я немедленно написала ответ и вложила в конверт фотографическую карточку, постаравшись выбрать самую соблазнительную. Я и не догадывалась, что приятель капитана Маклеода разместил это объявление в шутку и что мое письмо будет шестнадцатым и последним из всех полученных капитаном.

На свидание он явился при полном параде — в мундире по всей форме, с саблей на боку. Носил нафабренные длинные усы, полагая, вероятно, что это придает благообразия его топорной физиономии. Манеры у него были под стать наружности.

В тот день мы немного поболтали о пустяках. Я молилась, чтобы он захотел увидеть меня снова. И мои молитвы были услышаны. Неделю спустя он снова был у ворот школы — на зависть моим товаркам и к досаде директора, который, наверно, рассчитывал на повторение нашей встречи у него в кабинете. Я заметила, что от претендента на мою руку попахивает алкоголем, но не придала этому значения: вероятно, решила я, он просто волнуется в обществе молоденькой барышни, которая, если верить подругам, самая красивая в классе.

На третьем и последнем свидании Рудольф заговорил о свадьбе. Индонезия. Капитан. Путешествия. Чего еще может желать юная девушка?

— Ты никак замуж собралась, Маргарета? — спросила меня одноклассница, тоже прошедшая через кабинет директора. — Твой капитан же на двадцать один год тебя старше! А, кстати, он знает, где искать твою невинность?

Я не удостоила ее ответом. Рудольф побывал в Леувардене и почтительно попросил у отца моей руки. Взяв в долг у соседей, моя семья собрала мне приданое, и 11 июля 1895 года, через три месяца после того, как я ответила на объявление в газете, мы с Рудольфом поженились.

Перемены — это не всегда к лучшему. Если бы не танцы и не Андреас, годы, проведенные в Индонезии, слились бы для меня в один бесконечный кошмар. Страшнее всего было то, что кошмар этот повторялся изо дня в день. Безразличный и вечно окруженный женщинами муж, невозможность сбежать в Голландию, одиночество и вынужденное затворничество оттого, что я не понимала местного языка. Я месяцами сидела в четырех стенах. Если же все-таки выходила из дому, то, куда бы ни шла, за мною все время следили жадные глаза офицеров.

Даже то, что составляет счастье и радость всякой женщины — рождение моих детей, — только ухудшило мое положение. Пройдя через родовые муки и впервые взяв на руки крохотное тельце моей дочери, я ощутила, что жизнь внезапно исполнилась смысла. Даже Рудольф изменился и несколько месяцев был нежен со мной, но ему это очень быстро прискучило, и он снова вернулся к тому, что любил более всего на свете — к своим туземкам. По его словам, ни одна европейская женщина не могла соперничать с азиатками, для которых любовная близость была чем-то вроде танца. Он заявлял мне это совершенно открыто, без малейшего стеснения, быть может, оттого, что был постоянно пьян, или оттого, что намеренно пытался меня унизить. Позже Андреас рассказывал мне, что как-то, когда они были в очередном бессмысленном походе из ниоткуда в никуда, Рудольф заявил ему в приливе пьяной откровенности:

— Тревожит меня Маргарета. Ты видел, как наши на неё пялятся? Она бросит меня и глазом не моргнет.

Да, он боялся потерять меня, а в рамках мужской извращенной логики этот страх превращал его в чудовище, и Рудольф становился хуже день ото дня. Обнаружив, что был не первым, он стал называть меня шлюхой. В его распаленном воображении возникало множество мужчин, с которыми я была якобы близка до замужества, и он требовал, чтобы я во всех подробностях рассказывала, как жила с ними. Когда я, рыдая, призналась в том, что произошло в кабинете директора школы, он избил меня за ложь, но позже принуждал без конца повторять эту историю, домогаясь все новых и новых деталей и при этом мастурбируя. Поскольку я почти ничего не помнила, кроме ощущения какого-то кошмара, он выспрашивал подробности, и я покорно выдумывала их, не очень понимая, зачем это делаю.

Он дошел до того, что отправил меня со служанкой купить платье, напоминающее мою школьную форму, и когда в него вселялся неведомый бес, заставлял меня облачаться в него. Любимым его развлечением тех лет было повторять снова и снова одну и ту же сцену: он швырял меня на стол и насиловал, громкими криками оповещая прислугу, что я должна быть в восторге от происходящего.

Иногда он требовал, чтобы я изображала скромницу и сопротивлялась, иногда — чтобы я кричала, прося его быть со мною пожестче, потому что шлюхам нравится такое обращение.

Постепенно я перестала понимать, кто я и где я. Я растила дочку, ходила по дому с высокомерным и гордым видом, пряча под пудрой и румянами синяки и царапины, и знала, что не обманываю этими ухищрениями никого, ровным счетом никого.

Я снова забеременела, родила и несколько дней была неимоверно счастлива, пестуя своего сына, но его отравила кормилица, и я даже не узнала, почему она это сделала, — слуги убили ее в тот же день, когда я обнаружила мертвого младенца. Позже мне сказали, что так она отомстила моему мужу за побои, насилие и тыжелейшую работу.

Теперь у меня остались только дочка, пустынный дом, откуда муж не выпускал меня, боясь измены, да город, прекрасный до такой степени, что эта красота действовала угнетающе, — и в этом раю у меня был собственный маленький ад.

И вдруг все разом изменилось: начальник гарнизона пригласил всех офицеров с женами на танцевальное представление в честь одного из правителей острова. Рудольф не смел перечить начальству. Он дал мне денег и велел одеться роскошно и соблазнительно. Его «роскошно» было мне понятно — Рудольфу хотелось пустить пыль в глаза однополчанам. Но если он, как я узнала позже, так боялся, что я его брошу, зачем ему было нужно, чтобы я выглядела обольстительно?

В назначенный день мы прибыли на место представления. Женщины смотрели на меня с завистью, мужчины — с вожделением, и я заметила, что Рудольфа это возбуждает. По всему было понятно, что праздник кончится скверно, по крайней мере для меня: избитая и изнасилованная, я должна буду рассказывать в подробностях, что бы я позволила сделать с собою каждому из присутствовавших офицеров. Мне во что бы то ни стало надо было уберечь то единственное, что у меня еще оставалось, — себя самое. И я нашла способ сделать это — завела нескончаемую беседу со знакомым офицером по имени Андреас, причем жена его не сводила с меня изумленных испуганных глаз. Я следила, чтобы бокал Рудольфа не пустел, рассчитывая, что в конце концов спиртное свалит его с ног.

Мне бы очень хотелось сейчас прервать рассказ о Яве. Когда теченьем приносит воспоминание, способное растравить одну старую рану, неожиданно открываются и все прочие, и вот уже душа истекает кровью, да так, что остается только упасть на колени и зарыдать. Но я не могу поставить точку, не рассказав прежде о трех событиях, изменивших мою жизнь: о решении, которое я приняла, о танце, который мы видели, и об Андреасе.

А решение мое было простое: с меня довольно, я больше не могу жить за гранью страдания, ни одно человеческое существо не в состоянии вынести мучений, какие выпали на мою долю.

Пока я думала об этом, на сцену вышли танцовщики, участвующие в представлении в честь губернатора. Вместо выразительного, торопливого, судорожно-веселого ритма, к какому я привыкла во время моих редких выходов в городской театр, танцовщики — их было девять человек — двигались с нарочитой медлительностью, и поначалу мне сделалось тоскливо и тошно, но потом я стала впадать в какое-то подобие транса, и он становился все глубже по мере того, как танцовщики, отдавшись на волю ритма, принимали позы, до тех пор казавшиеся мне совершенно немыслимыми. Помню одну из фигур — неестественно выгнувшиеся тела застыли в подобии буквы S, даже смотреть на это было больно, а танцовщики стояли, не шелохнувшись, и вдруг одним прыжком стряхнули с себя неподвижность — так выскакивает из засады леопард.

Все девятеро были выкрашены в синий цвет, на всех были традиционные саронги и что-то вроде поперечной шелковой ленты — она подчеркивала мышцы мужчин и скромно скрывала груди женщин. На головах были усыпанные камнями диадемы. Иногда танец из сладостного становился воинственным, шелковые ленты превращались в клинки.

Мой транс становился все глубже. Впервые в жизни я видела, что Рудольф, Голландия, жестоко умерщвленный младенец-сын — все это было только частью вечно умирающего и воскресающего мира, точь-в-точь семена, что моя мать дала мне с собою в дорогу. Подняв голову, я увидела пальмовые листья, а над ними — звездное небо, и уже готова была покинуть пределы этого измерения и очутиться в ином пространстве, но тут голос Андреаса бесцеремонно прервал мой экстаз:

— Вы понимаете смысл всего этого?

Думаю, что да, я понимала, потому что в первый раз сердце мое перестало истекать кровью и просто наслаждалось чистейшей красотой. К сожалению, мужчины вечно чувствуют себя обязанными что-то нам объяснять, и Андреас принялся рассказывать мне, что корни этого танца, объединяющего йогу и медитацию, следует искать в древних индуистских традициях. Бедняга Андреас не в состоянии был понять, что танец сродни поэзии, только слова заменены движениями.

Поскольку моя умственная йога и моя внезапная медитация были так грубо прерваны, мне не оставалось ничего другого, как приличия ради поддержать разговор.

Жена Андреаса не сводила с него глаз. А он смотрел только на меня. Рудольф делил свое внимание между мною, Андреасом и какой-то дамой — приятельницей губернатора, — улыбками отвечавшей на его любезности.

Так мы беседовали под укоризненными взглядами яванцев — они не одобряли нас, болтливых иностранцев, оскорбляющих их священный ритуал. Видимо, поэтому представление кончилось раньше, чем предполагалось, и танцовщики почти демонстративно покинули сцену. Ни единым взглядом они не удостоили толпу неотесанных белых варваров с их напомаженными бородами и усами и разряженными, визгливо смеющимися женщинами.

Рудольф собрался отойти к приглянувшейся ему яванке. Та продолжала с улыбкой посматривать на него, а я поспешила еще раз наполнить его стакан. Жена Андреаса подошла поближе к нам, делая вид, будто ее чрезвычайно интересуют скучные речи ее мужа, все еще разъяснявшего мне местные танцы, взяла его за руку и посмотрела на меня, как бы говоря: «Это мое».

— Все эти годы, — сказала она внезапно, перебивая его монолог, — я была тебе верна. Мое сердце принадлежит тебе, каждое движение моей души, каждое принятое решение зависело только от тебя, и Господь мне свидетель — каждую ночь я молилась только об одном: чтобы ты вернулся домой невредимым. Если бы потребовалось отдать за тебя жизнь, я сделала бы это не задумываясь.

Андреас попросил разрешения откланяться, сказав, что им пора домой — представление утомило их обоих, но его жена заявила, что даже и не подумает никуда уходить. Она говорила так властно, что ее муж не то что возразить, но и шевелиться больше не отваживался.

— Я терпеливо ждала, пока ты поймешь, что ничего важнее тебя у меня в жизни нет. Я приехала с тобой на этот остров, который при всей своей красоте становится кошмаром для любой женщины, даже, пожалуй, для Маргареты.

Она обернулась ко мне, взглядом своих огромных голубых глаз словно умоляя меня подтвердить ее слова, поддержать священную женскую традицию вечно враждовать и вечно быть союзницами, но мне не хватило мужества кивнуть.

— Я боролась за свою любовь изо всех сил — но вот они иссякли. Такая тяжесть легла мне на сердце, что сердце не может больше биться. Изнемогая, оно сказало мне, что кроме этого мира есть и другие миры и там мне не придется искать близости мужчины, умолять его, как о милости чтобы он заполнил мои пустые дни и одинокие ночи.

Что-то подсказывало мне, что близится трагедия. Я стала просить жену Андреаса успокоиться: все присутствующие ее любят и желают ей добра, а муж ее — пример для подражания другим офицерам. Она покачала головой и усмехнулась, будто уже не раз слышала все эти возражения. И продолжила:

— Возможно, тело мое еще дышит, но душа в нем уже умерла, и я не могу ни выбраться отсюда, ни заставить тебя понять, что твое настоящее место — подле меня.

На Андреаса было больно смотреть. Он, офицер, всегда так заботившийся о своей репутации, явно был в смятении. Я отвернулась от них и хотела уже отойти, но жена Андреаса отпустила его и проворно схватила меня за руку.

— Только любовь способна наполнить пустоту смыслом. Так случилось, что теперь я лишена этой любви. Есть ли смысл длить это существование?

Она подошла ко мне вплотную, так близко, что я невольно ощутила ее дыхание, но не уловила запах спиртного. И не заметила слез у нее на глазах. Должно быть, она их давно выплакала.

— Не уходите, Маргарета, прошу вас. Вы добрая женщина, вы недавно потеряли сына — о, я хорошо знаю, что это такое, хотя мне не довелось носить под сердцем дитя. То, что я делаю, я делаю не ради себя, но ради всех узниц ложно понимаемой свободы.

Внезапно в ее руке оказался маленький пистолет, и прежде, чем мы успели остановить ее, она выстрелила себе в сердце. Несмотря на то что пышное платье приглушило звук выстрела, все присутствующие повернулись к нам. Кажется, вначале люди подумали, будто это я кого-то убила, потому что секунду назад жена Андреаса стояла, вцепившись мне в руку, но сразу вслед за тем все увидели ужас на моем лице. Андреас упал на колени и пытался остановить кровь, но она все текла и уносила с собой жизнь его жены. Та умерла в его объятиях, и в глазах ее не было ничего, кроме умиротворения. Люди подошли поближе, и вместе с ними Рудольф. Его яванка поспешила удалиться — наверно, ей стало страшно в толпе нетрезвых вооруженных мужчин. Не дожидаясь расспросов, я попросила мужа увести меня, и он согласился без единого слова.

Дома я заперлась у себя в комнате и начала складывать вещи. Пьяный Рудольф повалился на диван и уснул. Проснувшись на следующее утро, он заглянул ко мне после обильного, по обыкновению, завтрака и увидел собранные чемоданы. И только тогда впервые со вчерашнего вечера раскрыл рот.

— Куда это ты собралась?

— В Голландию, первым же пароходом. Или на небеса вслед за женой Андреаса. Выбирай.

Мой муж привык к тому, что он отдает приказы, а все вокруг повинуются. Но, видимо, по выражению моего взгляда понял, что все изменилось, и, поколебавшись мгновение, молча развернулся и ушел прочь из дому. Вернувшись вечером, он сказал, что нам обоим надо отдохнуть и что он выхлопотал отпуск. Две недели спустя мы отплыли в Роттердам.

Все это время мне казалось, будто я приняла крещение в крови жены Андреаса. Принесенная ею жертва освободила меня навсегда, но пока ни я, ни мой муж не знали, как далеко эта свобода меня заведет.

Время для меня бесценно, и его осталось так мало, — хотя я все еще надеюсь на помилование, ведь у меня было столько друзей среди министров, — и на что мне приходится его тратить? Пришла сестра Лоранс, принесла мне список вещей, конфискованных при аресте.

Очень осторожно спросила, что́ она должна будет сделать с ними в том случае, если события развернутся по самому скверному варианту. Я попросила ее оставить мне список, теперь мне не до него. Если оправдаются мои худшие опасения, сестра

Лоранс сама превосходно сумеет распорядиться этими вещами. И все же я буду надеяться на лучшее и перепишу этот список сюда.

Первый кофр:

золотые часы, отделанные голубой эмалью, купленные в Швейцарии — 1 штука;
1 круглая картонка, а в ней: шесть шляп, три булавки из золота с жемчугом, несколько плюмажей, вуаль, две меховых пелеринки, три эгрета, брошь в форме груши и вечернее платье.

Второй кофр:

сапожки для верховой езды — 1 пара;
щетка для ухода за лошадью — 1 штука;
вакса сапожная — 1 жестянка;
гамаши — 1 пара;
шпоры — 1 пара;
ботинки кожаные — 5 пар;
рубашки для верховой езды, белые — 3 штуки;
салфетка — не знаю, что она там делает, только место занимает, может, я протирала ею сапожки? — 1 штука;
кожаные гетры для защиты голеней — 1 пара;
3 специальных лифа, предназначенные для того, чтобы грудь не прыгала, когда лошадь идет галопом;
8 пар шелковых и 2 пары хлопчатых штанишек;
2 пояса от разных костюмов для верховой езды;

перчатки — 4 пары;
зонтик — 1 штука;
козырек, защищающий глаза от солнца — 3 штуки;
3 пары шерстяных чулок, одна из них довольно поношенная;
чехол для хранения и перевозки платьев — 1 штука;
15 гигиенических прокладок;
1 шерстяной джемпер;
костюм для верховой езды в мужском седле — с редингогом и брюками-галифе;
1 коробка шпилек для волос;
1 шиньон с гребешком для удержания на голове над моими собственными волосами;
3 горжетки лисьего меха и
2 коробочки пудры.

Третий кофр:

6 пар подвязок;
1 флакон увлажняющего крема;
ботиночки лакированные, на высоком каблуке — 3 пары;
2 утягивающих корсета;
34 платья;
1 полотняный мешочек ручной работы с семенами неизвестных растений;
8 легких корсетов, не стесняющих движений;
1 шаль;
удобные штанишки — 10 пар;
3 жилета;
2 полудлинных жакета;
3 расчески;
16 блузок;
еще одно вечернее платье;
1 полотенце и 1 брусок душистого мыла — я не пользуюсь теми, что предоставляет отель, на них могут быть микробы;
1 жемчужная нить;

1 сумочка с зеркальцем внутри;
щетка для волос с мраморной ручкой — 1 штука;
шкатулки, куда я складываю перед сном свои украшения — 2 штуки;
медная коробочка для визитных карточек с выгравированной надписью «Вадим Маслов, капитан императорской гвардии» — 1 штука;
фарфоровый чайный сервиз в деревянном ящичке, я выиграла его во время путешествия — 1 штука;
2 пеньюара;
1 пилка для ногтей с перламутровой ручкой;
2 портсигара, один серебряный, другой золотой или же — позолоченный, не знаю точно;
8 ночных сетчатых чепчиков;
колье и серьги в футлярах, кольцо с изумрудом, еще одно кольцо с бриллиантами и изумрудом, сколько-то недорогих безделушек;
21 носовой платок в шелковом мешочке;
3 веера;
помада и румяна — лучших французских марок;
французский словарь;
бумажник с моими фотографиями и...
и еще куча разнообразных пустяков, от которых я намерена избавиться, как только меня отсюда выпустят: перевязанные атласными ленточками письма моих приятелей, билеты в оперу и прочая чепуха в этом роде.

Большую часть моих вещей оставили в залог в гостинице — там вообразили, будто у меня нет денег, чтобы расплатиться за комнату. Как им только в голову могла прийти подобная глупость? Париж — моя судьба, город моей жизни, я никогда бы не позволила, чтобы меня там считали мошенницей.

Я не просила небеса о счастье, я мечтала стать только чуточку менее несчастной и жалкой, чем была до сих пор. Будь у меня больше терпения, возможно, я оказалась бы в Париже при других обстоятельствах, но у меня не осталось уже сил ощущать постоянное неодобрение мачехи и мужа, слышать бесконечное хныканье ребенка, ловить на себе осуждающие взгляды обитателей городка — все тех же набитых предрассудками провинциалов, а ведь я уже была замужней добропорядочной дамой!

Мне понадобилось все мое чутье и немалая изворотливость, но я сумела ускользнуть из дому так, что никто поначалу не заметил моего отсутствия, и купить билет до Гааги. Прямо с поезда я отправилась во французское консульство. Еще молчали пушки, еще было несложно получить разрешение на въезд, к тому же в европейских конфликтах Голландия всегда сохраняла нейтралитет, и я была уверена в удаче. Мне удалось познакомиться с консулом, и спустя два часа — все это время он пытался меня соблазнить, а я делала вид, будто поддаюсь, — у меня уже был билет в одну сторону до Парижа, и я клялась консулу, что непременно дождусь его там, когда бы ему ни захотелось меня навестить.

— Я умею быть благодарной, — сказала я. Он понял намек и спросил, чем я намереваюсь заняться в Париже.

— Танцами. Классическими восточными танцами.

Восточные танцы? Интерес консула ко мне еще усилился. Не поспособствует ли он мне, поинтересовалась я. Он сказал, что мог бы представить меня одному очень влиятельному богатому коллекционеру, совершенно помешанному на всем восточном — господину Гиме.

— Когда вы сможете выехать в Париж?

— Сегодня, если вы найдете, где мне остановиться.

Кажется, консулу показалось, что им манипулируют, что перед ним — одна из тех женщин, которыми кишит Париж, куда они слетаются со всего света в поисках богатых любовников и легкой жизни. Я поняла, что сейчас он попытается ускользнуть. Он еще слушал меня, но внутренне уже отдалился и теперь холодно наблюдал за каждым моим жестом, ловил каждую гримаску, каждое движение. К его изумлению, я, только что державшая себя как завзятая роковая женщина, вдруг стала скромнейшим в мире созданием.

— Если упомянутая вами персона захочет, я покажу один-два настоящих яванских танца. Если ему не понравится — вернусь в Голландию первым же поездом.

— Но, мадам...

— Я не замужем.

— Но, мадемуазель, вы просили билет только в один конец.

Я вынула из сумочки деньги — их было достаточно, чтобы купить обратный билет, — и показала ему. Я прекрасно могла оплатить себе билет и до Парижа, но как было не позволить консулу меня выручить? Рыцарские порывы делают мужчин такими очаровательно-уязвимыми... и разве не всякий мужчина мечтает спасти деву в беде? Так по крайней мере утверждали яванские подружки наших офицеров.

Консул явно успокоился на мой счет и спросил мое полное имя, чтобы написать рекомендательное письмо к господину Гиме. Как же я не подумала об этом?! Имя... от него ниточка протянется к моей семье, а на что Франции беглая жена из нейтральной страны?

— Так как же вас зовут? — настаивал консул, уже занеся перо.

— Мата Хари.

И снова я ощутила, что вместе с кровью жены Андреаса приняла новое крещение.

Я не могла поверить своим глазам: передо мною прямиком в небеса уходила огромная башня из железа, я ни разу не видела ничего подобного ни на одной почтовой открытке. По обоим берегам Сены высились здания, напоминающие то о Китае, то об Италии, то о еще каких-то странах. Я попыталась найти среди них что-нибудь, напоминающее мне о Голландии, но не преуспела. И что могло бы служить символом моей страны? Старые мельницы? Тяжелые деревянные башмаки-кломпы? Ничему этому не было места среди торжества современности. Рекламные афиши на круглых железных тумбах оповещали о невообразимых новшествах и достижениях:

«Свет, который зажигается и гаснет без газа и огня! Спешите видеть! Только во Дворце электричества!»

«Просто станьте на ступеньку — самодвижущаяся лестница сама поднимет вас!» — было написано под изображением чего-то, напоминающего открытый сверху туннель с перилами.

«*Ар-нуво*, модные течения».

На этом объявлении не было восклицательных знаков, но был фотографический снимок фарфорового сосуда, украшенного фарфоровыми же лебедями. Под снимком — изображение гигантской структуры, чем-то напоминающей поразившую мое воображение металлическую башню, с пышным названием Большой дворец.

Синеорама, Мареорама, Панорама — все они посредством движущихся картинок обещали перенести зрителя в места, о которых он не смел и мечтать. И чем больше я смотрела на все это, тем потерянней себя чувствовала. И тем страшней мне становилось. Я почти раскаялась в своем побеге: кажется, я откусила кусок не по зубам.

А город кипел вокруг меня, куда-то спешили люди: женщины в таких изысканных нарядах, каких я еще в жизни не видывала, мужчины, явно занятые судьбами мира. Впрочем, стоило мне обернуться, и я ловила на себе их взгляды.

Сжимая в руке словарь — я учила французский в школе, но теперь чувствовала себя очень неуверенно, — я обратилась к молодой даме примерно моего возраста и, с трудом подбирая слова, спросила, где находится гостиница, в которой консул забронировал для меня комнату. Дама окинула беглым взглядом мою фигуру, мой багаж, с чуть большим вниманием осмотрела мою одежду — я была одета в свое лучшее яванское платье — и, не проронив ни слова, повернулась ко мне спиной. По всей видимости, парижане не жаловали иностранцев или же считали себя избранным народом среди всех, населяющих землю.

Я повторила попытку два или три раза — с неизменным результатом — и, наконец, устав, присела на скамейку в саду Тюильри. Как я мечтала об этом в отрочестве! Я была в Париже, и это была огромная победа, но что мне теперь делать? Неужели придется возвращаться назад? В душе боролись радость и неуверенность, я знала, что вряд ли сумею сама отыскать себе место для ночлега. И в это мгновение, наконец, вмешалась судьба: чей-то цилиндр, принесенный внезапным порывом ветра, уткнулся мне в ноги и замер. Я осторожно подняла его и поднялась навстречу быстро идущему по дорожке мужчине.

— Я вижу, вам удалось поймать мою шляпу, — сказал он.

— Ей приглянулись мои ноги, — ответила я.

— Не могу ее за это упрекнуть, — галантно сказал он, даже не пытаясь скрыть своего интереса. В отличие от моих чопорных соотечественников, французы славились свободой нравов.

Мужчина протянул руку, но я спрятала цилиндр за спину, моему же собеседнику протянула конверт с названием гостиницы. Он прочел и глянул на меня вопросительно.

— Там остановилась моя подруга. Я приехала провести с нею несколько дней.

Лучше было бы сказать, что я собираюсь с нею поужинать, но как объяснить багаж? Мужчина помолчал. «Вероятно, — подумала я, — гостиница эта — третьесортная ночлежка». И тут он меня удивил:

— Улица Риволи проходит прямо за вашей спиной. Позвольте мне поднести ваш саквояж. Тут по пути есть несколько очень приличных заведений. Быть может, вы не откажетесь от рюмочки ликера, мадам?

— Мадемуазель. Меня зовут Мата Хари.

Терять мне было нечего, к тому же это был первый парижанин, отнесшийся ко мне по-дружески. Мы направились к гостинице и по дороге завернули в ресторан, где официанты, столь элегантные, что всем бы походили на участников званого ужина, если бы не длинные, до самого полу, передники, держались почти сурово и не улыбались никому, кроме моего спутника, чье имя я уже успела позабыть. Мы отыскали удобный столик в углу зала и сели.

Мой новый знакомый спросил меня, откуда я. Я ответила, что из голландской Ост-Индии, там родилась и выросла. Желая сделать ему приятное, я восхитилась металлической башней, должно быть, единственной в мире, но мое восхищение вызвало у него приступ ярости.

— Надеюсь, через три-четыре года ее разберут на части. Эта всемирная выставка ударила по казне сильней, чем две последние войны. Правительство хочет, чтобы мы думали, что теперь все страны Европы возьмутся за руки и будут жить душа в душу. Вы верите в это?

У меня не было ровным счетом никакого мнения на этот счет, так что я промолчала. Как я уже говорила, у всякого мужчины есть взгляды, которые он обожает разъяснять.

— Вы должны увидеть немецкий павильон. Это они так пытаются принизить наши достижения. Чудовищное, фантастически безвкусное строение. Все эти машины, механические мастерские, литейные цеха, модели кораблей... они, изволите ли видеть, собираются властвовать над морями... и к этому чудовищная башня, полная...

Он помолчал многозначительно, словно готовясь отпустить сальную шутку.

— ...пива! Они утверждают, что это в честь их кайзера, но я совершенно уверен, что у всего этого только одна цель — запугать нас. Десять лет назад поймали еврея-шпиона, он утверждал, что вот-вот разразится новая война. Сейчас, правда, говорят, что он невиновен, и жалеют его — и все из-за проклятого писаки Золя. Он ухитрился расколоть общественное мнение, и теперь пол-Франции требует освободить негодяя, а, как по мне, Чертов остров — самое ему место.

Он спросил еще рюмку, торопливо выпил, сказал, что дела, к сожалению, не ждут, но что, если я задержусь в городе на некоторое время, мне, наверное, будет любопытно ознакомиться с павильоном, представляющим мою страну.

Мою страну? Но я не видела ни мельниц, ни кломпов.

— На самом деле его по ошибке назвали павильоном голландской Вест-Индии. У меня пока не было времени туда заглянуть, уверен, его постигнет судьба всех прочих современных сооружений, наводнивших город и стоивших нам миллионы, но покуда, говорят, там очень интересно.

Мой собеседник поднялся. Достал из бумажника визитную карточку, из кармана — золотое вечное перо и зачеркнул фамилию, словно бы намекая, что был бы не прочь свести со мною более близкое знакомство.

Попрощался, однако же, по всей форме — церемонно приложился к моей руке. Я посмотрела на карточку — там не было адреса, впрочем, я была готова к этому. Я не собиралась хранить всякий мусор и, как только мой новый знакомый скрылся из глаз, смяла карточку и бросила ее наземь.

Две минуты спустя мне пришлось вернуться и подобрать измятую картонку — на ней значилось имя того самого человека, которому предназначалось рекомендательное письмо консула!

ЧАСТЬ ВТОРАЯ

«Высокая и статная, с прихотливо рассыпавшимися по плечам кольцами волос, она обладает гибкой грацией хищника и словно переносит нас в таинственную волшебную страну».

«Женственнейшая из женщин собственным телом пишет неизвестную еще трагедию».

«Тысяча и один изгиб, тысяча и одно движенье, в совершенстве сочетающиеся с тысячей разных ритмов».

Эти вырезки, словно осколки любимой когда-то чашки, рассказывают мне о жизни, которую сама я уже не помню. Как только выйду отсюда — отдам их переплести. Каждая заметка — в золотой рамке, а обложка пусть будет кожаной. Этот альбом я оставлю дочери, раз уж следствие конфисковало все мои деньги. Когда мы с нею встретимся, я расскажу ей о «Фоли-Бержер» — мечте всякой танцовщицы. Расскажу, как прекрасен Австрийский Мадрид, как хороши улицы Берлина и дворцы Монте-Карло. Вдвоем мы прогуляемся по Трокадеро, заглянем в «Серкль Руайяль», к «Максиму» и «Румпельмайеру» и осчастливим их — и другие рестораны — возвращением их самой знаменитой посетительницы.

Вместе поедем в Италию, вместе порадуемся близкому и неминуемому краху мерзавца Дягилева. В Милане я укажу ей на Ла Скала и скажу с гордостью:

— Здесь я танцевала в «Бахусе и Гамбринусе» Ромуальдо Маренко.

Я уверена, что нынешние испытания пойдут моей славе только на пользу. Кто не захотел бы показаться в обществе с роковой женщиной, со шпионкой, допущенной к государственным тайнам? Всякий любит заигрывать с опасностью — до тех пор, пока это не опасно.

Тут она, должно быть, попросит меня:

— Расскажи мне о моей матери, Маргарете Маклеод.

И я отвечу:

— Я не знакома с этой женщиной. Всю мою жизнь, и в мыслях, и в поступках, я была Матой Хари — той, что притягивала и всегда будет притягивать мужчин и вызывать вящую зависть женщин. С тех пор как я покинула Голландию, я забыла, что такое опасность, и ничего больше не боюсь. Я приехала в Париж без денег и нарядов, но погляди, как высоко я взлетела. От души надеюсь, что тебе повезет не меньше.

Я расскажу ей о танцах — к счастью, у меня сохранились снимки, запечатлевшие меня в движении. Вопреки утверждениям ничего так и не понявших во мне критиков, на сцене я забывала о своей женской сути и посвящала себя — всю себя — Господу. Потому-то мне и было так легко танцевать нагой. В этот момент я не была собою, я не была своим телом, я была танцем, я приобщалась святых тайн вселенной.

Я буду вечно благодарна господину Гиме, давшему мне возможность показать мое искусство в его личном музее, облачившись в драгоценные одежды, выписанные из Азии для коллекции, — я благодарна ему, хотя за эту возможность мне пришлось расплатиться вполне определенным образом, и это были очень утомительные и безрадостные полчаса. На мое представление пришло триста человек: журналисты, знаменитости и минимум два посла — японский и германский. Пару дней спустя все газеты заговорили о чужеземке, явившейся откуда-то с окраин голландской Ост-Индии и принесшей с собою простодушную религиозность и наивное бесстыдство жителей тех мест.

Сцену украшала статуя Шивы — индуистского божества созидания и разрушения. Курились благовония, музыка завораживала, и все, казалось, впали в подобие религиозного транса — все, кроме меня. Я уже осмотрела доверенные мне одежды и поняла, каков будет мой танец. Мне выпал единственный шанс изменить свою жалкую жизнь, другого такого случая не будет. До сих пор за все, что я когда-либо просила, мне приходилось расплачиваться своим телом. Я почти привыкла к этому, но привыкнуть не означает полюбить. Теперь мне нужны были не деньги, не только деньги. Я хотела большего.

То, что я собиралась сделать, до меня уже делали танцовщицы в кабаре, но делали механически, бессмысленно, не вкладывая в это ни мысли, ни чувства. В зале была респектабельная публика, жадная до всего нового, но опасающаяся посещать злачные места во избежание быть узнанной.

Мой наряд состоял из нескольких покрывал. Танцуя, я скинула верхнее — казалось, никто не обратил на это ни малейшего внимания. Я сняла второе, потом третье — публика начала переглядываться. На пятом покрывале зал не отрывал от меня глаз — никого не интересовал сам танец, всем хотелось знать, как далеко я намерена зайти. Даже дамы — я то и дело встречалась взглядом то с одной, то с другой, — даже они не выглядели ни шокированными, ни оскорбленными, похоже, происходящее возбуждало их не меньше, чем мужчин. Наверняка, у меня на родине меня бы уже отправили в полицейский участок, но во Франции знали толк в свободе и равноправии.

Избавившись от шестого покрывала, я обернулась к статуе Шивы и, словно изнемогая от страсти, сорвала с себя последнее, седьмое покрывало, и упала на пол, содрогаясь от наслаждения.

Вначале до меня не доносилось ни единого звука, все словно оцепенели от ужаса или негодования, а я лежала ничком и не могла видеть ничьих лиц. Внезапно женский голос обронил «Браво!», и вот уже все в зале вскочили со своих мест и аплодировали мне стоя. Я поднялась, прикрывая одной рукой грудь и вытянув другую, чтобы заслонить ладонью межножье. Коротко поклонилась и скрылась в боковой выход, где предусмотрительно оставила себе шелковый халат. Вернулась в зал, словно в благодарность за несмолкающие аплодисменты, вышла снова — и больше не вернулась. Так оно выглядело загадочней.

Уходя, я заметила, что кое-кто не аплодировал мне, а только улыбался. Это была госпожа Гиме.

На следующее утро я получила сразу два приглашения. Некая госпожа Киреевская осведомлялась, не могла бы я повторить свое вчерашнее представление на благотворительном балу в пользу раненых русских солдат. Другое приглашение было от госпожи Гиме — она звала меня прогуляться по набережной Сены.

Газеты еще не пестрели моими изображениями, никто еще не торговал открытками с моим портретом, в мою честь еще не называли ни сигары, ни лосьоны, пока я была славна только своей абсолютной безвестностью, но знала, что первый, самый главный шаг уже сделан: каждый, видевший меня вчера на сцене, ушел очарованным, и это было лучше всякой красочной афиши.

— Не правда ли, хорошо, что люди так невежественны? — спросила вдруг госпожа Гиме. — Ваше вчерашнее представление — оно ведь не имеет ни малейшего отношения к восточным традициям. Вы, должно быть, импровизировали по ходу танца.

Похолодев, я ждала, что следом она заговорит о ночи — одной-единственной и такой неприятной ночи, что я провела с ее мужем.

— К счастью, разбираются в этом только зануднейшие из антропологов, да и эти выучились всему по книжкам. Им вас в жизни не разоблачить.

— Но я...

— Нет-нет, я верю, что вы бывали на Яве и немножко разбираетесь в местных обычаях. Вы, наверное, были любовницей, даже, может быть, женой кого-нибудь из тамошних офицеров. И, как всякая юная девушка, мечтали покорить Париж. А потом при первой же возможности сбежали оттуда и явились сюда.

Мы немного прошли в молчании. Мне всегда легко давалась ложь, я лгала всю свою жизнь, отчего было не солгать и теперь? Но госпожа Гиме раскусила меня, и оставалось только молча ждать, куда вывернет эта беседа.

— Я хочу дать вам несколько советов, — сказала госпожа Гиме, когда мы пересекали мост, ведущий к чудовищной металлической башне.

Я предложила ей присесть. Мы шли по оживленной набережной, а на ходу и в такой толчее мне было трудно собраться с мыслями. Она согласилась, и мы отыскали свободную скамейку на Марсовом поле. Несколько мужчин с важным и сосредоточенным видом метали металлические шары, пытаясь попасть в маленький деревянный шарик, занятие это показалось мне на редкость нелепым.

— Я поговорила кое с кем из моих друзей, бывших на вашем представлении, и знаю, что завтра газеты вознесут вас до небес. Не тревожьтесь, я не сказала и не скажу им ничего о вашем «восточном танце».

Я слушала, не перебивая. Что я могла сказать?

— Итак, первый мой совет. Последовать ему довольно трудно, и к вашему искусству он отношения не имеет: не позволяйте себе влюбляться. Любовь — яд. Стоит вам влюбиться — и вы больше не хозяйка своей жизни, все ваши мысли, ваше сердце принадлежат другому человеку. Любовь угрожает самому вашему существованию. Вы идете на все, чтобы сохранить того, кто вам мил, и не видите приближающейся опасности. Между тем эта необъяснимая дьявольская выдумка под названием любовь постепенно стирает все, что было вами, и оставляет вместо вас существо, которое желал бы видеть предмет ваших чувств.

Я вспомнила, как смотрела на меня жена Андреаса за секунду до выстрела. Любовь убивает нас и не оставляет на месте преступления ни единой улики.

К тележке мороженщика подбежал мальчик. Госпожа Гиме воспользовалась этим, чтобы перейти ко второму совету:

— Люди говорят, что жизнь не так уж сложна. Нет, она сложна неимоверно. Конечно, частью она состоит из простых, незамысловатых желаний — скушать мороженого, получить в подарок куклу, выиграть в шары — вы только поглядите, как пыхтят и потеют респектабельные отцы семейств, пытаясь докинуть дурацкий железный шар до дурацкой деревяшки. Хотеть славы тоже нетрудно, трудней удерживать ее — месяц, год или еще дольше, — в особенности если славой мы обязаны своему телу. Легко желать мужчину, желать от всего сердца, но как все осложняется, каким невозможным становится, если этот мужчина женат, если у него дети и он ни за что на свете не уйдет из семьи!

Госпожа Гиме надолго замолчала, на глазах у нее выступили слезы, и я поняла, что речь о ней самой.

Теперь был мой черед говорить. Я набрала в грудь воздуху и на одном дыхании выпалила, что она права: я не родилась и даже не выросла в Ост-Индии, но я там жила и хорошо знакома с этими местами и со страданиями женщин, приехавших туда в поисках независимости и новой прекрасной жизни, но нашедших лишь одиночество и тоску. Я постаралась как можно точней передать последние слова жены Андреаса в надежде хоть чуть-чуть утешить госпожу Гиме, не показывая ей, что я поняла, что на самом деле ее советы предназначались ей самой.

— Все в этом мире имеет две стороны. Те, кого оставил безжалостный бог по имени любовь, смотрят в прошлое и спрашивают себя, зачем строили такие грандиозные планы на будущее. Но если они заглянут в себя поглубже, то вспомнят, как в тот день, когда в их сердце было заронено семечко любви, они принялись ухаживать за ним и оберегать его, пока из семечка не выросло дерево, которое из сердца уже не вырвать.

Рука моя будто сама собой коснулась кармана, где лежал мешочек с семенами — тот самый, что мать вручила мне незадолго до своей смерти. Я всегда носила его с собой.

— Покинутый чувствует только свою боль и только о ней и думает. Никто не спрашивает себя, каково приходится покинувшему. Мучается ли он своим выбором, страдает ли оттого, что побоялся общественного осуждения и остался с семьею, своими руками вырвав у себя сердце? Каждую ночь он ворочается без сна, не находя себе места и успокоения. То ему кажется, что он совершил ошибку, то чувствует, что был прав, оберегая семью и детей. Время ему не помощник, оно не лечит его ран — чем сильней отдаляется от него день, когда он принял роковое решение, тем яснее, светлее и безгрешнее становятся его воспоминания об утраченном рае, тем скорее они превращаются в тоску.

— И сам он себе не помощник. Он отдалился от всех, в будние дни делает вид, что занят, а по выходным ходит на Марсово поле играть с друзьями в шары, покуда его сын кушает мороженое, а жена с потерянным видом глазеет на туалеты проходящих мимо дам. Нет на свете такого ветра, чтобы развернул лодку его жизни, он обречен на стоячие воды тихой гавани. Да, страдают все — те, кто уходит, и те, кто остается, их семьи, их дети. И никто не властен изменить это.

Госпожа Гиме не сводила глаз со свежезасеянного газона в глубине парка. И делала вид, что слушает меня только из вежливости, но я-то знала, что мои слова коснулись незажившей раны в ее душе и сейчас эта рана кровоточила. Потом госпожа Гиме поднялась со скамейки и сказала, что нам пора возвращаться — скоро будет готов ужин, а к ужину званы гости. Некий художник, входящий в силу и в моду, собирался посетить с друзьями музей господина Гиме, а потом приглашал всех к себе в студию посмотреть новые картины.

— Он хочет что-нибудь мне продать. А я хочу познакомиться с новыми людьми — мой привычный круг начал меня тяготить.

Мы не торопясь отправились обратно. На мосту — теперь мы шли по направлению к Трокадеро, госпожа Гиме спросила меня, не хотела бы я присоединиться к ним за ужином. Я сказала, что с удовольствием, но мое вечернее платье осталось в отеле.

На самом деле у меня не было никакого вечернего платья. Ни по красоте, ни по элегантности мои наряды и близко нельзя было сравнить даже с «простыми прогулочными платьицами» парижанок. И едва ли можно было назвать «отелем» тот жалкий пансиончик, где я жила последние два месяца. Правда, там я могла спокойно принимать своих «гостей»

Но мы, женщины, умеем понимать друг друга вовсе без слов.

— Если хотите, я одолжу вам платье на сегодняшний вечер. У меня их куда больше, чем мне надо.

Я поблагодарила ее улыбкой, и мы направились к дому Гиме.

Отличный способ никогда не заблудиться — не задумываться о том, куда тебя несет жизнь.

— Это Пабло Пикассо, художник, о котором я вам говорила. С той минуты, когда нас представили друг другу, Пикассо, забыв об остальных приглашенных, неустанно искал моего внимания. Он говорил, что я очень красива, что я непременно должна ему позировать, что мне следует оставить сумасшедшую сутолоку Парижа и поехать с ним в Малагу хотя бы на неделю. И все это с единственной, пусть и невысказанной словами целью — затащить меня в постель.

Мне же с ним было неуютно: он был некрасив и неотесан и, считая себя гением из гениев, не сводил с меня своих выпученных глаз. Куда больше мне понравились его друзья, в частности один итальянец, Амедео Модильяни, выглядевший и аристократичней, и изысканней Пикассо. Он подошел и попытался вовлечь нас в какой-то общий разговор. И всякий раз, когда испанец прерывал свой очередной бесконечный, но малопонятный монолог о революции в искусстве, я, повергая его в ярость, немедленно поворачивалась к итальянцу.

— Чем вы занимаетесь? — поинтересовался Амедео.

Я сказала, что посвятила себя ритуальным танцам яванских племен. Кажется, он не вполне понял, что я имею в виду, но вежливо поддержал тему и заговорил о том, что нельзя недооценивать роль взгляда в танце. Человеческие глаза приводили его в восторг, и, когда ему случалось попасть в театр, он, почти не обращая внимания на движения тел, сосредотачивался только на том, что ему говорили глаза.

— Я совсем ничего не знаю о ритуальных яванских танцах, но надеюсь, что глазам в них придается достаточное значение. Вроде бы на Востоке танцовщики умеют сохранять полную неподвижность, и только их взгляды приобретают невероятную мощь и выразительность.

Не зная, что ему на это ответить, я неопределенно качнула головой — пусть Амедео сам решит, согласна я с ним или нет. Пикассо все прерывал нас своими теориями, но воспитанный и утонченный Модильяни дожидался очередной паузы и снова возвращался к нашему разговору.

— Вы позволите дать вам один совет? — спросил он, когда ужин подходил к концу и все мы уже собрались идти к испанцу. Я кивнула, позволяя.

— Поймите, чего вы ищете, и стремитесь пойти еще и еще дальше. Совершенствуйте свой танец, работайте над ним и постоянно ставьте себе недосягаемые цели. Потому что предназначение настоящего художника — вырваться за пределы самого себя и своих возможностей. Тот, кто желает малого и доступного, не преуспеет в жизни.

Студия испанца располагалась недалеко от дома Гиме, и мы пошли пешком. Кое-что из увиденного восхитило меня до глубины души, кое-что вызвало отвращение. Но не таковы ли и все люди? Не все ли они бросаются из крайности в крайность, не задерживаясь посередине? Чтобы подразнить Пикассо, я указала на одну из картин и спросила его, для чего он так старается все усложнить.

— Я потратил четыре года, чтобы научиться писать, как мастер эпохи Возрождения, и всю жизнь — чтобы снова начать рисовать, как рисуют дети. Настоящий секрет искусства заключен в детском рисунке.

Я оценила блеск его ответа, но уже не могла вернуться назад и сделать так, чтобы Пабло мне по-настоящему понравился. Модильяни к этому времени уже ушел, госпожа Гиме была явно утомлена, хоть и старалась держаться и не подавать виду, и даже Пикассо явно чувствовал себя неловко из-за вспышки ревности Фернанды, его возлюбленной.

Я сказала, что время уже позднее, и мы разошлись. С тех пор я ни разу не встречала ни Амедео, ни Пабло. И хотя до меня дошли слухи о том, что Фернанда покинула его, я никогда не узнала — из-за чего. Кстати, несколько лет спустя мне довелось еще раз увидеть ее за прилавком в антикварном магазине. Я сделала вид, будто незнакома с нею, а она меня не узнала и навсегда исчезла из моей жизни.

Это было совсем недавно, хотя сегодня мне кажется, что прошла целая жизнь. Все это время я придавала значение только солнцу, мгновенно забывая о грозах. Пленялась красотою роз и не замечала шипов. Адвокат, без особого рвения защищавший меня на суде, был одним из многих моих приятелей. Вы слышите, мэтр Эдуар Клюне? Если все пойдет так, как планируется, и меня расстреляют, можете вырвать эту страницу и выбросить ее. К несчастью, мне некому больше доверить эту тетрадь. Мы с вами знаем, что меня хотят убить не из-за дурацкого обвинения в шпионаже, а потому что я осмелилась пойти за своей мечтою, а мечта всегда обходится дорого.

К этому времени *стриптиз* уже существовал и с конца прошлого века был даже разрешен законом, но оставался всего лишь демонстрацией плоти. Я превратила это грубое зрелище в искусство. Когда его снова запретили, я спокойно продолжала танцевать, потому что не имела ничего общего с теми вульгарными созданиями, что раздевались на потребу публике. На моих представлениях бывали композиторы Пуччини и Массне, послы фон Клюнт и Антонио Гувейя, магнаты Ротшильд и Гастон Менье. Я никак не могу поверить, что сейчас, в ту минуту, когда я пишу эти строки, они ничего не предпринимают, чтобы меня освободить. Ведь вытащили же с Чертова острова ссыльного капитана Дрейфуса!

Мне возразят — Дрейфус был невиновен. Но и я виновна не больше него! Против меня не существует ни единой улики, если, конечно, не считать за доказательство мое собственное наивное бахвальство. Но ведь я просто рисовалась, желая убедиться в том, что, когда перестану наконец выступать, это не нанесет урона моему весу в обществе. Да, я решила оставить танцы, хотя танцевала по-прежнему превосходно. Разве терпел бы меня Габриель Астрюк, в то время — самый модный театральный импресарио, представлявший великих русских, если бы это было не так?

Астрюк почти устроил мне совместное выступление с Нижинским в Ла Скала. Но его импресарио — и любовник — счел, что со мною трудно работать, что я чересчур порывиста и непредсказуема, и, продолжая сладко улыбаться, сделал так, что мне пришлось демонстрировать свое искусство одной, без поддержки не только итальянской прессы, но и руководства самого театра. Мне показалось, что в тот день часть моей души умерла. Я знала, что годы берут свое, что еще немного — и я потеряю былую гибкость и легкость движений, и чуткие газеты, так превозносившие меня поначалу, теперь наперебой принялись поносить меня.

А подражательницы?! Внезапно улицы запестрели их афишами, и всякая называла себя «новой Матой Хари», хотя на сцене они только непристойно содрогались и срывали с себя одежды без намека на грацию и вдохновение.

Мне не в чем упрекнуть Астрюка, хотя сегодня он вряд ли хочет, чтобы его имя упоминалось в связи с моим. Он появился в моей жизни после того, как я выступила на нескольких благотворительных вечерах в пользу русских солдат. Признаться, я подозревала, что деньги, вырученные от продажи билетов — а продавались они буквально на вес золота, — минуя раненых, отправились прямиком куда-нибудь на Дальний Восток, где японцы трепали армию русского царя. Но это были первые мои выступления после музея Гиме, и результат был одинаково удовлетворителен для всех: госпожа Киреевская набивала мошну, я получала свою часть, французская знать полагала, что жертвует на благородные цели, и абсолютно все получили возможность увидеть, как перед ними раздевается прекрасная женщина, увидеть — и не ощутить при этом ни малейшей неловкости.

Астрюк помог мне перебраться в другую гостиницу, более достойную моей растущей славы, благодаря ему, я получила ангажементы в лучших театрах Парижа. Ему удалось устроить мне выступление в «Олимпии» — самом известном концертном зале тех времен. Этот сын бельгийского раввина смело делал ставку на людей новых и никому не известных, превратившихся затем в кумиров эпохи вроде Карузо и Рубинштейна. Потом Астрюк выбрал момент и повез меня на гастроли. С ним я посмотрела мир, изменила свои повадки и стала зарабатывать больше, чем воображала в самых смелых своих мечтах. Я выступала в главных городских театрах и могла, наконец, позволить себе то, что так жадно любила, — роскошь.

Я не знаю, сколько я потратила на туалеты и украшения, Астрюк не позволял мне прицениваться, уверяя, что это дурной тон.

— Выберите и велите доставить к вам в отель, все остальное сделаю я.

Теперь, когда я пишу эти строки, я спрашиваю себя — не осела ли часть моих гонораров в карманах у моего импресарио?

Нет, нет. Я не стану отравлять себе сердце горькими мыслями. Если я выйду отсюда — а я надеюсь, я так надеюсь выйти, ведь не может быть, чтобы все вдруг отвернулись от меня, — мне исполнится только сорок один год, я еще не потеряю право на счастье. Правда, я сильно располнела и вряд ли буду еще танцевать, но это неважно, в мире есть столько всего помимо танцев.

А потому я буду думать об Астрюке только как о человеке, поставившем на карту все свое состояние, чтобы построить театр и открыть его балетом «Весна священная» одного неизвестного русского композитора — его имя вылетело у меня из головы. В этом балете блистал болван Нижинский, в точности повторявший тот пластический рисунок — намек на акт мастурбации — который я продемонстрировала на моем первом представлении в Париже.

Я буду вспоминать, как Астрюк предложил мне отправиться на поезде в Нормандию — просто потому что накануне мы говорили, как давно мы оба не видели моря. К тому времени мы работали вместе уже около пяти лет.

Вначале мы молча сидели на берегу, потом я вынула из сумочки и протянула ему газетную вырезку. Название гласило: «Закат Маты Хари: много тела и мало таланта».

— Это вышло сегодня, — сказала я.

Пока Астрюк читал, я поднялась и подошла к воде. Бездумно подобрала несколько камешков.

— Что бы вы ни думали, с меня хватит. Это совсем не то, о чем я мечтала, не такой женщиной я хотела стать.

— Что за чепуха? — удивился Астрюк. — Я представляю только лучших, и вы среди них! Один-единственный критический отзыв от репортера, которому не о чем больше писать — и вы уже вышли из себя?

— Нет. Это первая заметка обо мне за последнее время. Я даю мало представлений, мое имя почти исчезло с газетных страниц. Люди считают, что я торгую своим телом, как проститутка, что искусство — это только предлог, повод раздеться на публике.

Астрюк встал и подошел ко мне. Тоже подобрал несколько камешков и запустил один в море. Камешек улетел довольно далеко.

— Я с проститутками дела не имею, это было бы гибельно для моей репутации и моей карьеры. Да, мне раза два пришлось объяснять другим моим клиентам, отчего у меня в кабинете висит афиша Маты Хари. И знаете, что я сказал? Что вы воскрешаете шумерский миф о богине Инанне, идущей в запретный мир. Она должна пройти через семь дверей, и у каждой двери стоит стражник, и каждому в уплату за проход она оставляет покрывало от своих одежд. Один великий английский писатель, умерший в Париже в изгнании, в одиночестве и нищете, сочинил пьесу, которая раньше или позже войдет в историю литературы. Это история о том, как и почему Ирод обезглавил Иоанна Крестителя.

— «Саломея»! У вас есть эта пьеса?

Я ощутила, как меняется мое настроение.

— Увы. У меня нет на нее прав, и я уже не могу встретиться с ее автором — его звали Оскар Уайльд. Ну, разве что отправлюсь на кладбище и попытаюсь вызвать его дух.

На меня с новой силой навалились тоска, горечь и жалость к себе, я снова почувствовала, что вскоре стану старой, уродливой и нищей. Мне было уже тридцать — переломный возраст. Я размахнулась и швырнула камень в море — он улетел дальше, чем камень Астрюка.

— Камень-камень, лети прочь, унеси с собою мое прошлое. Забери мой стыд, мою вину и мои ошибки.

Астрюк тоже бросил камень, приговаривая, что я не совершала никаких ошибок, а только осуществила данное мне Богом право выбора. Я не стала его слушать и швырнула еще один камень.

— Ты, камень, унеси все зло, причиненное моей душе и моему телу. От первого ужасного опыта и до сегодняшнего дня, когда я сближаюсь с богатыми мужчинами и позволяю им делать с собою все, что им угодно, а потом плачу в три ручья. И все это ради их связей, ради денег, ради нарядов и прочего тлена. Сама творю эти ужасы, сама же ими терзаюсь.

— Вы так несчастливы? — еще сильнее удивился Астрюк. Прокатились, называется, на побережье приятно провести время...

Я все швыряла и швыряла камни и никак не могла остановиться, и ярость, которая мной овладела, поразила меня саму. Завтрашний день больше не был завтрашним днем, и настоящее не было настоящим, и я словно провалилась в выкопанный мною колодец, и от каждого моего движения он становился все глубже. Вокруг прогуливались люди, играли дети, чайки выписывали в небе странные фигуры, а море было куда безмятежнее, чем мне бы хотелось.

— Ты, камень, лети в мой огород! Зачем я все время ищу приятия и уважения? Я ничего никому не должна. Зачем я теряю время, зачем хлопочу, зачем потом раскаиваюсь и погружаюсь во тьму, которая порабощает меня, приковывает меня к скале, отдает на поживу хищным птицам?

Мне никак не удавалось заплакать. Камни шлепались в воду, быть может, на дне они сложатся и воссоздадут Маргарету Зелле. Но я не хотела снова стать ею, той женщиной, которая заглянула в глаза жены Андреаса и ясно там прочитала, что наша судьба расписана наперед до мельчайших подробностей: нам надлежит родиться, выучиться, найти себе мужа, связать с ним жизнь — пусть даже он будет худшим человеком на земле, лишь бы окружающие не решили, что нас никто не хочет, что мы никому не нужны, — родить ему детей, состариться и провести остаток дней на стульчике у дома, глазея на прохожих, притворяясь, будто мы все в этой жизни поняли и знаем, и не умея заставить замолчать сердце, которое твердит: «Ты могла бы хотя бы попытаться жить иначе».

Над нами раздался истошный вопль чайки. Птица пролетела так близко, что Астрюк невольно вскинул руку, защищая глаза. Ее крики вернули меня к действительности, я снова была знаменитостью, уверенной в себе и своей красоте.

— Я хочу покончить со всем этим. Мне не нравится эта жизнь. Сколько еще лет я могу танцевать и давать представления?

Астрюк был честен.

— Лет пять.

— Значит, решено. С меня хватит.

Он взял меня за руку:

— Это никак невозможно. Есть подписанные договоры, мне придется платить неустойку. Кроме этого, вам как-то нужно зарабатывать себе на жизнь. Вы же не хотите кончить свои дни в гнусном клоповнике, вроде того, где жили до нашего знакомства?

— Хорошо, вначале я выполню условия договоров. Вы были добры ко мне, и я не хочу, чтобы вам пришлось расплачиваться за мои мании — величия... или ничтожности. И не тревожьтесь обо мне, с голода не умру.

И вдруг я начала рассказывать ему свою жизнь, рассказывать, не задумываясь, взахлеб, выкладывать все, что я прятала в себе, пока лгала всему свету. Вдруг хлынули слезы. Встревоженный Астрюк стал спрашивать, что со мной, попросил успокоиться, но я все говорила и говорила, и больше он меня не прерывал, а слушал молча и сочувственно.

Я думала, что окончательно утону в черном колодце отчаянья, но вдруг оказалось, что, когда говоришь о своих ранах, — тех, что зарубцевались, и тех, что до сих пор кровоточат, — становишься сильнее. Теперь слезы лились не из глаз, а откуда-то из самого глубокого и темного уголка моего сердца, и, словно обретя собственный голос, рассказывали историю, которую я и сама не знала по-настоящему. И вот я уже была не в колодце, а плыла на плоту в непроглядной тьме, но где-то вдалеке, на горизонте, слабо брезжил свет маяка, готового вывести меня на сушу. Если позволит бурное море, если еще не слишком поздно.

Никогда прежде со мною не происходило ничего подобного. Я думала, что, заговорив о своих обидах, я только растравлю их еще сильней, но происходило обратное — омытые слезами язвы тотчас же затягивались.

Я то и дело бессильно колотила кулаками по гальке, руки были уже ссажены до крови, но я не чувствовала боли, потому что в этот момент я исцелялась. Я поняла, почему католики ходят к исповеди, зная, что священники такие же грешники, как они сами, если не хуже. Неважно, кто примет твою исповедь, важно открыть свою душу, чтобы солнечный свет и жар очистил ее, а дождевые воды — омыли. Именно это я делала теперь, рассказывая о себе мужчине, которого никак не могла считать близким. И именно поэтому я говорила с ним так свободно.

Очень нескоро, когда слезы иссякли, а рокот прибоя сумел успокоить меня, Астрюк дружески подхватил меня под руку и сказал, что надо поспешить, если мы хотим успеть на последний поезд в Париж. По дороге он делился со мною последними сплетнями из артистического мира — кто с кем спит, кого откуда выгнали.

Я хохотала и просила новых подробностей. Мой импресарио и впрямь оказался и мудр, и чуток, он знал, что история моей жизни излилась слезами, ушла в песок, где и пребудет вечно.

— Страна переживает лучшее время в своей истории. В каком году ты сюда приехала?

— Во время Всемирной выставки, Париж в те дни был куда провинциальнее, хотя мне, конечно, показалось, будто я очутилась в центре мира.

Послеполуденное солнце заглядывало в окно баснословно дорогого номера в «Отель Элизе». На столе было все, чем славится Франция: шампанское, абсент, шоколад, сыры и духи с ароматом свежесрезанных цветов. За окном виднелась башня, носящая теперь имя своего создателя Эйфеля.

Он поглядел на огромную железную конструкцию.

— Не для того возвели этот кошмар, чтобы он и после выставки тут торчал. Надеюсь, его разберут на части как можно быстрее.

Я могла бы ему возразить — просто, чтобы дать ему возможность привести свои аргументы и выйти из спора победителем. Но промолчала, а он продолжал говорить о Прекрасной эпохе. Объемы промышленного производства выросли втрое, на помощь крестьянину пришли машины, способные в одиночку выполнять работу десятерых сильных мужчин, магазины ломились от товаров, и — этому я была особенно рада — совершенно изменилась мода, так что у меня теперь был повод обновлять свой гардероб по меньшей мере дважды в год.

— Ты заметила — даже еда стала вкусней?

Еще бы мне не заметить: я начала заметно полнеть, и это мне совершенно не нравилось.

— Президент республики сказал мне, что количество велосипедов с трехсот семидесяти пяти тысяч в конце прошлого века увеличилось до трех миллионов! В дома провели газ и воду, люди получили возможность уезжать из города на выходные. Потребление кофе увеличилось вчетверо, и у пекарен больше не выстраиваются очереди за хлебом.

Да что же он на конференции, что ли?! Пожалуй, стоит зевнуть и вернуться к амплуа «дурочки».

Некогда военный министр, а ныне депутат Национальной ассамблеи Адольф Мессими поднялся с постели и стал надевать парадный мундир со всеми регалиями. Ему предстояла сегодня встреча с бывшими однополчанами, и он не мог появиться в офицерском собрании в штатском.

— У англичан, конечно, ужасный вкус, но в одном правы: они скромнее нас и на фронте носят свою жуткую бурую форму. Мы же считаем, что и умирать следует элегантно, и ходим в красных штанах и кепи, которые буквально кричат противнику: «Эй, я тут, цельтесь сюда! Вы что, не видите меня?»

Он засмеялся собственной шутке, и я, чтобы сделать ему приятное, подхватила. Потом начала одеваться. Я давно избавилась от иллюзий и надежд, что кто-нибудь полюбит меня такой, как я есть, и теперь вместе с данью восхищения и цветами спокойно принимала деньги — это была плата за мое умение притворяться. Я была уверена, что окончу дни мои, так и не познав любви, но не все ли равно? Любовь и власть стали для меня неразличимы.

Но я, конечно, не была настолько беспечна, чтобы дать заметить это еще кому-нибудь. Подойдя к Мессими, я звонко поцеловала его в щеку. Лицо его было наполовину скрыто усами — такими же, какие носил мой неудачник-муж.

Он положил на стол пухлый конверт, набитый банкнотами в тысячу франков.

— Прошу тебя понять меня правильно. Раз уж мы говорим о прогрессе, я думаю, что мы все должны способствовать ему. Я получаю много, а трачу куда меньше. Расценивай это как мой посильный вклад в стимулирование потребления.

Мессими снова засмеялся своей шутке — он искренне был убежден, что я в восторге от его наград, усов и дружбы с президентом, о которой он не забывал упомянуть при каждой встрече.

Если бы он понял, что все это было с моей стороны сплошным притворством, что любовь — по крайней мере моя любовь — не подчиняется никаким правилам, он непременно бросил бы меня, и я же осталась бы виновата. Он посещал меня не столько ради постельных забав: ему хотелось чувствовать себя любимым, как если бы страсть женщины могла пробудить в нем ощущение собственной неимоверной значимости.

Да, любовь и власть — это одно и то же, и не только для меня.

Мессими вышел, и я принялась неторопливо одеваться. Следующая встреча у меня была поздно вечером в пригороде. Я успевала надеть лучшее свое платье и отправиться в Нёйи, где самый верный возлюбленный купил на мое имя виллу. Я подумывала, не попросить ли у него машину с шофером, но побоялась, что он заподозрит меня в стяжательстве.

Конечно, я могла бы вести себя, скажем так, решительнее. Он был банкиром с безупречной репутацией, благополучно женатым, и мне достаточно было обронить намек, чтобы устроить настоящий праздник газетам! Они теперь интересовались исключительно моими «знаменитыми любовниками» и напрочь забыли о том, какой путь я прошла и чего мне это стоило.

На суде я узнала, что в тот день была не одна — некто сидел в вестибюле, делал вид, что читает газету, и дожидался меня. Как только я вышла, он поднялся и незаметно двинулся за мною.

Я же шла по бульварам прекраснейшего в мире города, смотрела на оживленных, день ото дня все более нарядных посетителей в кафе, на снующих вокруг прохожих, ловила звуки скрипки, доносящиеся из окон и дверей наиболее изысканных заведений, и думала, что, пожалуй, жизнь была добра ко мне. И не нужно никого шантажировать, достаточно умело вложить полученные подарки — и на будущее я обеспечена. К тому же достаточно мне отдать на растерзание газетам хотя бы одного из моих любовников, и все прочие немедленно станут сторониться из боязни, что их связь со мною тоже станет достоянием публики.

Мой банкир выстроил настоящий замок — чтобы, как он говорил, перебраться туда на склоне лет. Бедолага, он был уже довольно стар, но никак не желал признать это и смириться. Я собиралась поехать к нему, провести с ним дня два-три, катаясь на лошади, и к воскресенью вернуться в Париж, прямо на ипподром «Лоншан», чтобы продемонстрировать поклонникам и завистникам, что я по-прежнему прекрасная наездница.

Но пока не стемнело, отчего бы не выпить ромашкового чаю? Я села за столик на открытой веранде какого-то кафе, и люди тут же начали поглядывать на меня, потому что лицо мое и фигура красовались теперь на почтовых открытках, доступных в любом киоске. Я сделала вид, что погружена в свои мысли и что у меня есть занятия поинтересней, чем замечать всеобщее назойливое внимание.

Но не успела я спросить себе чашку чаю, как незнакомый мужчина приблизился ко мне и сделал комплимент моей красоте. Как обычно в таких ситуациях, я светски улыбнулась, поблагодарила и отвернулась, но мужчину это не смутило.

— Вам нужна добрая чашка кофе — и вы оживете. — Он говорил по-французски с заметным акцентом, голландским или немецким.

Я не ответила. Он сделал знак гарсону.

— Чашку ромашкового чаю, пожалуйста, — попросила я, когда тот подошел.

Он улыбнулся мне и прикоснулся к шляпе, словно откланиваясь, но оказалось, что это всего лишь приветствие. Спросил, нельзя ли на минуту присесть за мой столик. Я ответила, что мне хотелось бы побыть одной.

— Такой женщине, как Мата Хари, не пристало быть одной, — сказал незнакомец.

И то, что он узнал меня, затронуло во мне струнку, которая отзывается почти в каждом человеке — тщеславие.

— Вероятно, вы еще не нашли того, что ищете, — продолжил он. — Вы уже признаны самой элегантной женщиной Парижа, я своими глазами читал это недавно в каком-то журнале. И теперь вам почти не к чему стремиться и нечего хотеть, не правда ли? И жизнь ваша вот-вот станет невыразимо скучна.

Я знала, что от подобных поклонников так просто не отделаться. Но откуда ему известно, что пишут обо мне в дамских журналах? Может быть, стоит дать ему шанс? Тем более что ехать в Нёйи еще рано.

— Ну, так как, вам еще удается отыскать в своей жизни что-нибудь новое? — настаивал он.

— Разумеется. Я смотрю на себя и всякий раз открываюсь себе с новой стороны. Разве есть что-нибудь интересней этого?

Больше не спрашивая разрешения, он просто пододвинул стул и уселся за мой столик, и когда официант принес мне чай, заказал большую чашку кофе.

— Грядет кризис, — продолжил он. — Франции будет очень трудно справиться с ним.

Совсем недавно я выслушала противоположный прогноз. Похоже, в наши дни всякому мужчине есть что сказать по поводу экономики, а меня эта тема не интересует абсолютно.

Но я решила немного поиграть с ним в его игру. И слово в слово, будто попугай, повторила все, что Мессими говорил мне по поводу Прекрасной эпохи. Если мой собеседник и удивился, он никак себя не выдал.

— Я говорю не только об экономике, но об общем упадке, о личностном распаде, о кризисе духовных ценностей. Как вам кажется, люди уже привыкли к этой штуке для бесед на расстоянии, которую американцы притащили на парижскую выставку и которая уже заполонила Европу? Миллионы лет человек говорил только с теми, кого мог увидеть. Внезапно, за какие-то десять лет, ему разделяют «видеть» и «говорить». Нам кажется, будто мы легко осваиваем новинки, но мы не замечаем, какое огромное влияние они оказывают на нас. Наше тело не успевает к ним привыкнуть. В результате, когда мы говорим по телефону, мы впадаем в состояние, схожее с религиозным трансом, мы слышим и видим удивительные вещи о нас самих.

Подошел официант со счетом. Мой собеседник умолк, ожидая, пока тот не отойдет на некоторое расстояние.

— Я уверен, что вас огорчает обилие афишек, где всякая вульгарная голая танцорка называет себя преемницей великой Маты Хари. И так во всем — никто не желает понимать. Еще греческие философы... Простите, я не утомил вас?

Я качнула головой, и он продолжал:

— Оставим греческих философов грекам. Все, что они говорили тысячи лет назад, верно до сих пор. Нигде не происходит ничего нового. На самом деле я хотел бы сделать вам одно предложение.

«Еще один», — меланхолично подумал я.

— Поскольку здесь к вам уже не относятся с тем почтением, какого вы заслуживаете, быть может, вы не отказались бы предстать перед публикой в городе, где ваше имя уже прогремело и где вас считают одной из величайших балерин современности? Я имею в виду город, откуда я приехал — Берлин.

Это было чрезвычайно заманчивое предложение.

— Если хотите, я могу представить вас своему импресарио...

Но мой собеседник перебил меня.

— Я предпочел бы договариваться напрямую. Ваш импресарио... мы, немцы, да, впрочем, как и ваши французы, не особенно любим иметь дело с этой нацией.

Я никогда не понимала, как можно испытывать к людям неприязнь из-за их религии. Я видела, как относились к евреям, а в бытность мою на Яве мне рассказали о страшной резне, устроенной людьми, молившимися богу без лица — они поклонялись священной книге, утверждая, будто книгу эту какому-то их пророку, чьего имени я тоже не запомнила, продиктовал ангел. А однажды мне подарили книгу под названием Коран — просто, чтобы я могла полюбоваться арабской каллиграфией. Но мой муж, обнаружив подарок, попросту приказал прислуге сжечь его в печи.

— Я и мои партнеры будем рады должным образом отблагодарить вас, — сказал мой собеседник и назвал сумму. Я спросила, сколько это будет во франках, и услышанное меня почти испугало. Подмывало немедленно сказать «да», но даме не следует так быстро соглашаться.

— В Берлине вам воздадут все почести, которых вы лишены здесь. Париж всегда был жесток к своим детям, в особенности к тем, кто уже приелся ему.

Сам того не желая, он попал в больное место. Эти самые мысли крутились у меня в голове, пока я шла по бульварам. Я вспомнила день у моря и Габриеля Астрюка. Неприятно, конечно, что этот договор будет заключен в обход моего импресарио. Но теперь главное — постараться не спугнуть удачу.

— Я подумаю, — сухо бросила я.

Прощаясь, он назвал мне гостиницу, в которой остановился, и сказал, что будет ждать моего ответа до завтра, а потом вернется в Берлин. Из кафе я отправилась прямиком к Астрюку. Действительно, афишки и листовки с именами людей, только-только пришедших к славе, повергали меня в глубокую печаль. Но что было делать, я не могла повернуть время вспять.

Астрюк принял меня со своей обычной галантностью, словно для него я была важней всех прочих клиентов. Я пересказала ему беседу в кафе и добавила, что вне зависимости от того, как все обернется в Берлине, он свои комиссионные получит.

Он спросил только:

— Что, прямо сейчас?

Я не вполне поняла, что он имел в виду. Мне показалось, что он как-то непривычно сух со мною.

— Да, прямо сейчас. Пока у меня еще есть, что показать публике.

Астрюк кивнул, соглашаясь с этим доводом, и пожелал мне счастья. Потом сказал, что ему не нужно никаких комиссионных и что, возможно, для меня пришла пора начинать откладывать деньги, да и на тряпки тратить поменьше.

Я сказала, что он прав, и вышла. Мне подумалось, что, наверное, он еще не совсем пришел в себя после провала его театрального проекта. Должно быть, он был на грани банкротства. Но как Астрюк мог не понимать, что, поставив «Весну священную» с плагиатором Нижинским в главной партии, он сам накликал бурю, которая в щепы разнесет построенный им корабль?

На следующий день я дала знать моему берлинцу, что принимаю его предложение, но прежде перечислила ему несколько требований, мне самой показавшихся довольно безумными. Я готова была пойти на попятный, если бы он их отверг, но, к моему изумлению, он просто назвал меня оригиналкой и сказал, что все настоящие артисты склонны к причудам, а потому он согласен.

Кем была та Мата Хари, что дождливым днем села в поезд, не зная, какая ей уготована судьба, и уверенная лишь, что там, куда она едет, говорят на языке, достаточно похожем на ее родной, так что — не пропадет.

Сколько мне было лет? Двадцать? Двадцать один? Никак не больше двадцати двух, хотя в паспорте датой рождения значилось 7 августа 1876 года, а газета, которую я листала, пока поезд уносил меня от Парижа, была от 11 июля 1914. Но мне не хотелось заниматься подсчетами — куда больше меня занимало происшествие двухнедельной давности. Я имею в виду покушение в Сараеве, убийство эрцгерцога Фердинанда и его элегантнейшей супруги, виноватой лишь в том, что оказалась рядом с мужем, когда безумный анархист вздумал стрелять.

Я чувствовала, что сильно отличаюсь от всех прочих женщин в вагоне. Я была диковинной птицей, покидающей эту нищую духом землю. Я была лебедем среди уток, не пожелавших расти и меняться, потому что их пугала неизвестность. Я смотрела на семейные пары и остро ощущала свою беззащитность: у стольких мужчин я побывала в объятиях и вот оказалась одна-одинешенька, и никого нет рядом, чтобы просто взять меня за руку. Сказать по правде, я отклонила множество предложений, ибо первый брак напрочь отбил у меня охоту к семейной жизни, и опыт замужества повторять не собиралась: какой смысл страдать из-за того, кто не заслуживает моих страданий, и кончить тем же, что и сейчас — продавать свое тело, но только за куда меньшую плату, за воображаемое тепло домашнего очага.

Человек по имени Франц Олав сидел рядом и с озабоченным видом глядел в окно. На вопрос: «Что случилось» — он не ответил. Видно, счел, что теперь, когда он получил меня, нет никакой необходимости поддерживать со мною беседу. Мы ехали туда, где от меня ждали только танцев, и, значит, я должна была танцевать, хотя уже утратила былую гибкость. Впрочем, благодаря занятиям верховой ездой, я была в хорошей форме и знала, что после нескольких занятий у станка обязательно буду готова к премьере. Франция меня больше не интересовала, она опустошила меня, высосала все лучшее, что было во мне, и отбросила пустую шкурку, отдавая теперь предпочтение только русским артистам, пусть даже родились они где-нибудь в Португалии, Испании или Норвегии — этим старым трюком воспользовалась в свое время и я. Главное — показать что-то необычное, и французы, столь падкие на все новое, непременно клюнут.

Ненадолго, но поверят.

...Поезд ехал уже по Германии, и я видела колонны солдат, двигавшиеся к западной границе. Шли полки пехоты, тянулись огромные артиллерийские обозы.

Я попробовала снова заговорить со своим спутником.

— Что происходит?

Ответ был чрезвычайно загадочным:

— Что бы ни происходило, я хочу знать, можем ли мы рассчитывать на вашу помощь. Сегодня для нас, как никогда, важны люди искусства.

Нет, он не мог намекать на войну между нашими странами, в газетах ничего об этом не писали, а привычно занимались салонными сплетнями и жалобами на какого-то повара, утерявшего расположение правительства. Конечно, страны ненавидели друг друга, но это было в порядке вещей.

За то, чтобы стать важнейшей державой мира, приходится платить высокую цену. Вот Англия — это империя, над которой никогда не заходит солнце, но спросите любого, какой город он предпочел бы посетить —

Лондон или Париж? Не сомневайтесь, он выберет город по обоим берегам Сены с его соборами, модными лавками, театрами, художниками, музыкантами, а для тех, кто посмелей — с его кабаре и кафешантанами, известными всему миру «Фоли-Бержер», «Мулен Руж», «Лидо».

Спросите, что важнее — унылая башня с унылыми часами, король, никогда не появляющийся перед своими подданными, или же самая высокая в мире стальная конструкция, уже прославившая имя своего создателя Эйфеля, монументальная Триумфальная арка, Елисейские поля, где выставлено все самое лучшее, что можно купить за деньги.

Англия тоже ненавидела Францию, но при всей своей мощи не посылает же она к ее берегам боевые корабли!

Но пока поезд мчался по немецкой земле, нам навстречу шли и шли на запад войска. Я снова задала Францу тот же вопрос и получила на него тот же невнятный ответ.

— Хорошо, сказала я. — Я согласна помогать вам. Но как я могу это сделать, если я не знаю, о чем идет речь?

В первый раз за все время пути он отклеился от окна и повернулся ко мне.

— Мне известно не больше вашего. Меня подрядили привезти вас в Берлин, организовать ваши представления для нашей знати и, когда придет время — когда именно, не знаю, — проводить вас в министерство иностранных дел. Один ваш поклонник выделил сумму, достаточную, чтобы вас пригласить, хотя вы чудите больше, чем все известные мне артисты. Надеюсь, мне возместят все, что я тут на вас истратил.

И прежде чем поставить точку в этой главе, мой добрый заклятый друг мэтр Клюне, я хотела написать еще немного о себе — не для того ли я принялась за это письмо, постепенно превратившееся в дневник? Меня только беспокоит, что память может подвести меня.

Положа руку на сердце, вы и впрямь думаете, что если бы Германия, или Франция, или даже Россия — да кто угодно! — вздумала завербовать себе агента, неужели же выбор пал бы на того, кто все время на виду, за кем все время жадно следит публика? Вам не кажется, что это глупо? Глупо и глупо.

...Сев в поезд, я думала, будто оставила свое прошлое на вокзале в Париже. С каждым километром я все дальше удалялась от пережитого, от горьких и счастливых воспоминаний, от тех открытий, что делала на сцене и вне ее, от времен, когда всякая парижская улица, всякое представление, всякая вечеринка были мне внове и казались восхитительными. Это теперь я уже знаю, что от себя не убежишь. Я могла бы не возвращаться в Голландию в 1914, а встретить того, кто взял бы на себя заботу о моей еще живой душе, сменить имя, перебраться туда, где меня не узнавали в лицо, начать все сначала.

Но это означало бы прожить до конца дней, чувствуя, как разрывают меня изнутри та, которая могла стать всем, и та, которая навсегда осталась ничем, — и при этом не сметь даже детей и внуков позабавить историей своей жизни. Сейчас мой дух свободен, даже тюрьма не помеха его свободе. И пока весь мир воюет за то, чтобы увидеть, кто же останется в живых в этом море крови, кто победит в нескончаемой битве, мне не нужно больше бороться, и я просто жду, когда незнакомые мне люди решат, кто я такая. Если меня сочтут виновной, рано или поздно правда все равно выплывет наружу, и позор падет на их головы, на головы их детей и внуков, на всю их страну.

Но я от души верю, что президент — человек чести. Что мои друзья, такие верные, такие готовые к услугам, пока мне ничего не было нужно, не покинули меня в час, когда у меня ничего, кроме них, не осталось. Рассвет. Я слышу птиц и утренний стук кастрюль на кухне под моей камерой. Остальные узницы, придавленные кто страхом, кто смирением, спят. Я проспала до первых лучей солнца. Лучи эти не могут проникнуть ко мне в камеру, но я гляжу, как дивно расцветили они крохотный кусочек неба, видный мне через окошко, — и во мне снова пробудилась надежда на правосудие.

Не понимаю, почему мне выпало столько испытаний за такое короткое время, за что жизнь так обошлась со мной.

Может быть, чтобы проверить, сумею ли я выстоять в трудные времена?

Чтобы понять, из какого теста я сделана?

Чтобы обогатить мой опыт?

Но для этого есть столько других путей. Зачем было нужно снова топить меня в черном колодце моей души, зачем гнать через лес, кишащий волками и другими хищниками, — в одиночку, без помощника или проводника?

Но я знаю одно: сколь бы бескрайним ни был лес, сколько бы ни таилось в нем опасностей, раньше или позже я выйду оттуда, и выйду победительницей. И тогда я буду великодушна и никому из моих хулителей не припомню, как они оболгали меня.

Хотите знать, чем я теперь займусь, пока в коридоре не раздадутся шаги, оповещая о том, что нам несут завтрак? Я стану танцевать. Я припомню каждую ноту и каждое движение, и мое тело будет двигаться в такт той музыке, что звучит сейчас во мне, и это напомнит мне о том, что я свободна!

Именно это я искала всю свою жизнь — свободу. Мне не нужно было любви, хотя любовь приходила и уходила и ради нее я делала то, чего ни в коем случае не должна была делать, и шла прямо в расставленные мне силки.

Но не будем торопиться. В то утро, когда я сошла с поезда в Берлине, жизнь — и без того стремительная — вдруг понеслась с невероятной быстротой, и мне стало трудно поспевать за нею.

Театр был окружен, а представление грубо прервано именно тогда, когда я с предельной сосредоточенностью — давно уж не приходилось мне танцевать в полную силу — вкладывала всю душу в танец. Вломившиеся на сцену солдаты заявили, что с этого момента все спектакли отменяются, а театр поступает в их распоряжение вплоть до дальнейших указаний.

Один из них зачитал обращение:

— «Мы с вами живем в черные дни, наша страна окружена врагами. Нам придется обнажить сабли, и я уверен, что, когда придет час, мы сумеем пустить их в ход» — так говорит наш кайзер!

Все еще ничего не понимая, я ушла к себе в уборную и едва успела накинуть халат на свой более чем откровенный театральный костюм, как в дверях появился задыхающийся Франц.

— Вам следует уехать, иначе вас арестуют.

— Уехать? Но куда? И, кроме того, разве на завтра мне не назначена какая-то встреча в министерстве иностранных дел?

— Все отменено, — сказал он, даже не пытаясь скрывать свое беспокойство. — Вам очень повезло, вы гражданка нейтральной страны, так что возвращайтесь туда немедленно.

Чего угодно я могла ожидать от своей жизни, только не возвращения в страну, из которой с таким трудом уехала.

Франц вытащил из кармана комок мятых купюр и сунул мне в руки.

— Забудьте о полугодовом контракте с «Метрополем». Тут все, что мне удалось раздобыть, плюс то, что нашлось в кассе. Не мешкайте, уезжайте. Ваши наряды отправятся следом, я лично займусь этим — если еще буду жив. Я немец, в отличие от вас, и меня призывают.

Я понимала все меньше и меньше.

— Мир сошел с ума, — сказал Франц, меряя шагами мою уборную. — Смерть родственника, как бы ни был он дорог, не повод, чтобы отправлять на смерть других людей. Но миром правят генералы, а им хочется довершить разгром Франции, начатый больше сорока лет назад. Их задача — не позволить Франции окрепнуть, потому что она и в самом деле с каждым днем становится все мощнее. Вот вам мое объяснение: это попытка удавить змееныша до того, как он войдет в полную силу и сам удавит кого угодно.

— Вы хотите сказать, что вот-вот начнется война? Из-за этого неделю назад мы с вами видели столько солдат?

— Именно. Только эта партия будет посложнее шахматной, потому что все страны связаны между собой альянсами. Долго объяснять, да и незачем. Пока мы с вами разговариваем, наши войска занимают Бельгию, Люксембург уже сдался, и сейчас семь отлично вооруженных дивизий идут к промышленным регионам Франции. Похоже, что, пока французы радовались жизни, мы тут искали повод на них напасть. Пока они возводили Эйфелеву башню, мы наращивали выпуск пушек. Я не думаю, что это надолго: вначале будет сколько-то жертв с обеих сторон, но потом снова воцарится мир. А вам все же было бы лучше переждать лихолетье в своей стране.

Речи Франца сильно удивили меня, похоже, он был всерьез обеспокоен моей безопасностью. Я приблизилась к нему и ласково коснулась его щеки.

— Не тревожьтесь, все уладится.

— Ничего не уладится, — огрызнулся он и грубо отшвырнул мою руку. — То, о чем я мечтал больше всего на свете, потеряно для меня навсегда.

Он схватил меня за руку, как будто и не он только что ее отбросил.

— В юности родители заставили меня выучиться играть на рояле. Я всегда терпеть этого не мог, и стоило мне вырваться из родительского дома, как немедленно все перезабыл. Все, кроме одного: самая прекрасная музыка превращается в какофонию, если инструмент расстроен. Когда я служил в армии, нам однажды дали увольнительную на двое суток. На глаза мне попалась афиша с изображением девушки. Хотя я никогда не видел модель, портрет пробудил во мне чувство, которое не должен испытывать ни один мужчина — любовь с первого взгляда. Когда я вошел в театр — за билет мне пришлось отдать больше, чем я получал в неделю, — я ощутил, как приходят в согласие мои расстроенные отношения с родителями, с армией, с родиной, с миром, будто невидимый настройщик умело подтянул колки моей души — и все оттого, что я увидел танец. И дело было не в диковинной непривычной музыке, не в атмосфере чувственности на сцене и в зале, дело было в этой девушке.

Я уже поняла, о ком он говорит, но не хотела перебивать.

— Мне следовало бы сказать вам об этом раньше, но я думал, что у меня еще есть время. Я стал театральным импресарио, добился успеха, возможно, благодаря тому представлению. Завтра я должен явиться в свою часть. Я много раз бывал в Париже на ваших представлениях. И видел, что, несмотря на все свои усилия, Мата Хари отступает под натиском толпы бездарностей, недостойных называться ни «артистами», ни «танцовщиками». Я решил привезти вас сюда, в Берлин, где люди еще способны оценить ваше искусство, я сделал это из одной лишь любви, из любви, не имевшей ни единого шанса на взаимность, но разве это важно? Мне нужно было только одно — быть рядом с вами. Накануне того дня, когда я осмелился заговорить с вами в кафе, со мною связался сотрудник нашего посольства в Париже. Он сказал, что вас часто видят с неким депутатом, по нашим данным — будущим военным министром Франции.

— Вы хотите сказать — бывшим.

— Наша разведка утверждает, что он будет назначен на свою прежнюю должность. Я уже встречался с этим дипломатом, нам и раньше случалось и выпивать вместе, и проводить время в ночном заведении. Как-то я выпил больше, чем следовало, и целый вечер говорил о вас. Он понял, что я влюблен, и попросил меня привезти вас в Берлин: возможно, сказал он, нам очень скоро понадобятся ее услуги.

— Мои услуги?

— Ваши связи и знакомства. У вас есть доступ к самым высоким сферам.

У него не достало мужества произнести слово «шпионаж». Он понял, что я никогда на это не соглашусь. Как вы помните, дражайший мэтр Клюне, во время фарса, замаскированного под судебный процесс, я сказала: «Да, я проститутка. Но я никогда не была шпионкой!»

— Прямо сейчас бегите из театра и немедленно возвращайтесь в Голландию. Денег я вам дал более чем достаточно. Пройдет еще немного времени — и вас не выпустят. Или, что ужаснее, выпустят, и это будет означать, что их планы увенчались успехом и у нас теперь есть свой человек в Париже...

Я испугалась всерьез, но все же не настолько, чтобы не поцеловать Франца и не поблагодарить за все, что он для меня сделал.

Я бы солгала, если бы стала уверять, что дождусь его с войны, но искренность обезоруживает сильней, чем ложь.

Музыкальный инструмент не должен фальшивить. Настоящий грех вовсе не тот, о котором нам твердили в детстве, настоящий — не стремиться к абсолютной гармонии. Гармония сильнее всех наших насущных правд и полуправд. Повернувшись к Францу, я мягко попросила его выйти и дать мне одеться. Потом сказала:

— Грех сотворен не Господом, грех родился тогда, когда мы попытались превратить абсолют в нечто относительное. Мы перестали видеть всю картину, теперь нам доступен лишь маленький ее фрагмент, и вот в этом-то фрагменте вина, правила, добро сражаются со злом, и каждая из сторон считает добром себя.

Я сказала это и сама изумилась. Должно быть, страх подействовал на меня сильней, чем показалось поначалу. Голова моя словно бы находилась где-то вдалеке от тела.

— Германский консул в Голландии — мой приятель. Он поможет вам наладить жизнь на родине. Только держите ухо востро, возможно, он тоже попытается привлечь вас на нашу сторону.

И снова Франц не произнес слова «шпионаж». Я понадеялась, что у меня достаточно опыта, чтобы не попасться. Сколько раз я уже избегала ловушек, расставленных мне мужчинами?

Мы вышли из театра, сели в машину, и Франц отвез меня на станцию. По дороге мы наткнулись на огромную толпу перед дворцом кайзера. В толпе были только мужчины всех возрастов, они потрясали в воздухе сжатыми кулаками и скандировали:

— Германия превыше всего!

Франц прибавил газу.

— Если нас остановят, сидите спокойно и не вступайте в разговор, я сам разберусь. Если обратятся к вам лично, отвечайте со скучающим видом, говорите только «да» или «нет» и не вздумайте говорить по-французски, теперь это язык врага. Когда мы приедем на станцию, не показывайте страха, что бы ни случилось, будьте все время самой собой.

Самой собой? Как я могла быть самой собой, если я не знала, кто я? Танцовщица, приступом взявшая Европу? Униженная и запуганная офицерская жена из Ост-Индии? Любовница сильных мира сего? Прежняя властительница дум, которую превозносили критики, а теперь газеты называют «воплощением вульгарности»?

Мы подъехали к станции, Франц почтительно поцеловал мне руку и попросил, чтобы я уезжала первым же поездом. Никогда прежде я не путешествовала без багажа, даже когда я приехала в Париж, у меня были с собою кое-какие вещи.

Как ни парадоксально, от этой мысли меня охватило невероятное ощущение свободы. Я знала, что вскоре мои наряды догонят меня, но пока я могла попробовать себя в новой роли — женщины без ничего, принцессы на чужбине, находящей утешение в мечтах о том, как однажды она вернется в свой замок.

Купив билет до Амстердама, я обнаружила, что до поезда мне остается несколько часов и что, хоть я изо всех сил старалась выглядеть скромницей, я по-прежнему привлекала к себе всеобщие взгляды. Правда, я привыкла к другим взглядам, а в этих не было ни восторга, ни зависти, одно лишь жадное любопытство. На платформах было полно народу, и, кажется, все, кроме меня, были нагружены сверх меры чемоданами, дорожными сундуками, баулами, ковровыми саквояжами. Я услышала, как какая-то мать повторила дочери совет, который совсем недавно я выслушала от Франца: «Если появится патруль, говори по-немецки».

Мои попутчики не были дачниками, едущими провести выходные за городом, это были потенциальные «шпионы», иностранцы, и они старались побыстрей разъехаться по своим странам.

Я решила не вступать ни в какие разговоры и, по возможности, не встречаться ни с кем глазами, но тут ко мне подошел пожилой мужчина:

— Не хотите потанцевать?

Неужели меня узнали?

— Мы там, в конце платформы. Идемте!

Я невольно пошла за ним, по какому-то наитию поняв, что, смешавшись с людьми, буду в большей безопасности. Внезапно я оказалась в толпе цыган и бессознательным движением прижала к себе сумочку. В их глазах был тот же страх, что у всех, но, казалось, они сами не придают этому никакого значения, словно привыкли постоянно менять выражение. В конце платформы плясали три женщины, остальные обступили их, ритмично хлопая в ладоши.

— Ну, чего, женщина, вы не танцуете? — спросил мужчина, приведший меня туда.

Я сказала, что никогда в жизни не танцевала и сейчас не время начинать. И даже если бы мне захотелось присоединиться к плясуньям, тесное платье сковывает мои движения. Он удовлетворился моими объяснениями и принялся хлопать в ладоши, показывая мне, чтобы я хлопала тоже.

— Мы балканские цыгане, — сказал он мне. — Говорят, война в наших-то краях и началась. Нам надо побыстрей отсюда выбираться.

Мне хотелось объяснить ему, что война началась не на Балканах, это был всего лишь предлог, чтобы поднести спичку к бочонку с порохом, уже давно лежавшему здесь. Но Франц был прав, мне следовало держать рот на замке.

— Рано или поздно война кончится, — сказала черноволосая и черноглазая женщина удивительной красоты, которой не могла повредить ее уродливая одежда. — Все войны кончаются, когда те, кому нужно, наживутся на мертвых. Мы же всегда стараемся уехать от войны подальше, только войны почему-то упрямо следуют за нами.

Дети рядом с нами играли так упоенно, словно не было никакой войны и бегство было просто очередным приключением. Их драконы вели схватку друг с другом на лету, их рыцари в железных латах потрясали длинными копьями, и мир, в котором никто ни за кем не гонялся, был бы для них скучен до крайности.

Заговорившая со мной цыганка велела им вести себя потише и не привлекать к себе ненужного внимания. Но никто из них даже ухом не повел.

Казалось, что попрошайка знает всех прохожих в лицо. Он сидел на главной улице и распевал:

Птичка в клетке поет о свободе, но живет за решеткой.

Ай, Тея, Тея, ты согласилась жить в клетке, потом захотела сбежать, но никто не помог тебе, потому что никто не понял.

Я не знала, кто такая Тея, и думала только о том, что мне нужно как можно скорее попасть в консульство и найти там Карла

Крамера, единственного, кто способен мне помочь. Я провела ночь в третьесортной гостинице, боясь, что меня узнают и выставят на улицу. Жители Гааги показались мне людьми из другого мира. Кажется, новости о войне сюда не доходили, их задерживали на границе вместе с тысячами беженцев, дезертиров, французов, опасающихся преследования, бельгийцев, бежавших от войны, — все эти люди надеялись только на чудо.

Впервые в жизни я была счастлива тем, что родилась в Леувардене, и тем, что у меня голландский паспорт. Он означал безопасность. Пока я ожидала своей очереди на границе, радуясь, что у меня нет багажа, — какой-то человек, лицо которого я не успела рассмотреть, бросил мне конверт и растворился в темноте. На конверте был написан чей-то адрес, но надзиравший за порядком голландский офицер выхватил его у меня, распечатал, прочел и молча вернул. Следом подозвал своего германского коллегу и кивком указал в ту сторону, куда скрылся человек, бросивший мне конверт:

— Дезертир.

Немецкий офицер повернулся и вышел. Удивительно, война едва началась, а люди уже разбегались. Увидев, как немец вскинул винтовку и прицелился, я отвернулась. Мне хочется прожить остаток жизни с мыслью, что тот, кто бросил мне конверт, сумел спастись.

Письмо было адресовано женщине, и я подумала, что, должно быть, беглец понадеялся, что я отправлю его из Гааги.

«Я выберусь отсюда любой ценой, даже ценой жизни, — пусть расстреляют как дезертира, если сумеют поймать. Кажется, война уже началась, первые французы появились по другую сторону границы, и мы тут же скосили их одной-единственной очередью из пулемета — я, я скосил, капитан отдал приказ, и я начал стрелять.

Вероятно, это все и впрямь вскоре кончится, но для меня уже поздно, руки мои в крови, и я знаю, что никогда больше не стану делать то, что сделал: я не пойду с моим батальоном на Париж, о чем все тут так оживленно толкуют. Я не пойду с ними. Не смогу радоваться нашей неминуемой победе. Мне кажется, что все это — безумие. Чем больше я думаю, тем меньше понимаю, что происходит. Никто ничего нам не объясняет, полагаю, все дело в том, что никто не знает ответов на наши вопросы.

Ты не поверишь, но у нас тут есть почта. Я мог бы отправить это письмо прямо отсюда, но тогда оно попадет прямиком в лапы цензора. Я пишу тебе не для того, чтобы сказать, как я тебя люблю, — я уже не раз тебе об этом говорил, — и не для того, чтобы расхваливать отвагу наших бравых солдат, — об этом без умолку говорит вся Германия. Это письмо — мое завещание. Вообрази, я пишу его под тем самым деревом, где полгода назад ты мне сказала «да». Помнишь, какие мы строили планы? Твои родители помогут с обзаведением, я найду для нас домик с комнаткой, которая станет детской для наше-

го — уже заранее обожаемого — первенца... и вот я на том же месте три дня подряд рою окопы, весь в жидкой грязи и в крови пяти или шести незнакомцев, в жизни не сделавших мне ничего дурного! «Они» называют это «справедливой войной», говорят, что мы защищаем наше попранное достоинство... как будто поле битвы — подходящее для этого место.

Чем чаще я слышу выстрелы, чем сильней доносится до меня запах крови и смерти, тем тверже моя убежденность в том, что все это попросту несовместимо с человеческим достоинством. Теперь мне пора кончать письмо, меня зовут. Но как только стемнеет, я уйду отсюда — в Голландию или на смерть.

Я думаю, что с каждым днем мне будет все трудней описать происходящее. Поэтому я и собираюсь уйти еще сегодня и найти какую-нибудь добрую душу, которая не откажется отправить тебе это письмо.

С любовью,

твой Йорн»

...Богам было угодно, чтобы я, выйдя из вагона в Амстердаме, немедленно встретила одного из своих любимых парижских куафе-ров, который был почему-то в военной фор-ме. У парижанок он славился своим умением подкрашивать волосы хной — получалось приятно для глаз и выглядело абсолютно на-турально.

— Ван Стаен!

Он оглянулся на мой оклик, заметил меня, причем на лице его отразились изумление и страх, — и поспешил прочь.

— Морис, это я, Мата Хари!

Но он не остановился. Я рассердилась. Когда я платила ему тысячи франков за при-ческу, он от меня не убегал! Я пошла за ним. Он ускорил шаг. Я сделала то же самое. Он попытался было бежать, но какой-то госпо-дин, видевший всю сцену, ухватил его за руку:

— Эта дама обращается к вам!

Ван Стаен смирился со своей участью. Остановился и дождался, пока я подойду. Тихим жалобным голосом попросил не обра-щаться к нему больше по имени.

— Но что вы тут делаете?

Он рассказал мне, как в первые дни войны, преисполнившись патриотизма, решил отправиться на фронт защищать родную Бельгию. Но, заслышав грохот орудий, немедленно удрал в Голландию и попросил убежища. Я глянула на него с притворным презрением.

— Раз уж вы здесь, займитесь моими волосами.

На самом деле мне было необходимо вернуть себе хоть толику былой уверенности, по крайней мере пока не придет мой багаж. Денег, что мне дал Франц, мне хватило бы на месяц или два, тем временем я бы нашла способ вернуться в Париж. Я спросила у Мориса, где здесь можно ненадолго остановиться — в Амстердаме у меня был приятель, и я собиралась найти его и переждать с его помощью самые трудные времена.

Год спустя заботами моего приятеля-банкира, с которым мы познакомились в Париже, я перебралась в Гаагу. Он снял мне квартирку для встреч, но однажды перестал за нее платить — просто так, без объяснений, возможно потому, что устал от моих чудачеств, тем паче, что они, как он однажды выразился, «чересчур дорого» ему обходились. Но в ответ услышал, что «чудак — это тот, кто ищет утраченную юность между ног у женщины на десять лет моложе себя».

Он принял это на свой счет — чего я, собственно, и добивалась, — и велел мне убираться из его дома. Однажды, когда я была маленькой, родители привезли меня в Гаагу, и даже тогда она была довольно унылым городом, теперь же — с тех пор, как из-за войны, с яростью лесного пожара пожиравшей соседние страны, были введены карточки на продукты и закрыты ночные увеселительные заведения, — превратилась в помесь богадельни, шпионского гнезда и огромного кабака, где инвалиды и дезертиры топили горести в вине, быстро напивались и затевали драки, обыкновенно со смертельным исходом. Я попыталась было устроить несколько представлений, что-нибудь на древнеегипетскую тему, полагая, что критики не больше моего разбираются в древнеегипетских танцах, а потому никто не посмеет уличить меня в обмане. Но театры пустовали, и никого мое предложение не заинтересовало.

С каждым днем Париж казался мне все недостижимей и уже походил на сон. Но для меня он был единственной точкой опоры, тем единственным местом, где я ощущала себя человеком во всех смыслах этого слова. Там я могла жить — хоть праведницей, хоть грешницей. Там было иное небо, и по нему плыли иные облака, там изящно одетые люди вели утонченные беседы, в тысячу раз более увлекательные, чем местная пресная болтовня в парикмахерском салоне. Да и там разговаривали мало, люди боялись, что кто-нибудь услышит и донесет на них за очернение нейтральной страны. Я хотела разузнать что-нибудь о Морисе Ван Стаене, расспрашивала своих немногочисленных школьных подруг, перебравшихся в Амстердам, но он исчез, испарился вместе со своею хной и своим нелепым, якобы французским выговором.

У меня оставался единственный выход — сделать так, чтобы в Париж меня отправили немцы. И потому я решилась, наконец, на встречу с приятелем Франца и отправила в консульство записку, объясняя, кто я и о чем прошу. Я снова похудела, словно избавилась от всего лишнего, что налипло на меня, но мои наряды так и не пришли из Берлина, впрочем, даже если бы мой багаж вдруг отыскался, в нем не было бы проку: судя по страницам журналов, мода изменилась до неузнаваемости. Мой гаагский «благодетель» оплатил мне новый гардероб — конечно, это были не творения парижских модельеров, но все же какие-никакие платья, которые не разлезались по швам при первом же движении.

В кабинете меня больше всего поразило обилие всяких роскошеств, в которых теперь было отказано голландцам. Там были импортные сигареты и сигары, напитки со всех концов света, сыр и ветчина, доступные теперь только на черном рынке. За письменным столом, отделанным резьбой с позолотой, сидел прекрасно одетый немец с такими безупречными манерами, какие редко встретишь у его соотечественников. Мы обменялись учтивыми фразами, и он попенял мне на то, что я заставила так долго себя ждать.

— Я не знала, что вы меня ждали. Франц...

— Предупредил меня о вашем визите еще год назад.

Он поднялся и спросил, что я буду пить. Я попросила анисового ликера, и консул сам разлил его по рюмкам богемского хрусталя.

— К несчастью, Франца уже нет с нами. Он погиб во время трусливой вылазки французов.

Насколько я знала, стремительное продвижение немцев было остановлено в августе 1914 на бельгийской границе. Радостная уверенность в том, что немецкие войска вот-вот будут маршировать по улицам Парижа, оказалась несбыточной мечтой.

— У нас были такие прекрасные, так четко разработанные планы! Я не утомляю вас своими ламентациями?

Я попросила его продолжать. Конечно, он утомлял меня, но мне мучительно хотелось попасть в Париж, а для этого мне была необходима его помощь. За год в Гааге мне пришлось выучиться самому сложному для меня искусству — терпению.

Но консул заметил мой скучающий взгляд и постарался побыстрее подвести итоги. Хотя отправленные на запад семь дивизий уверенно продвинулись в глубь Франции и от Парижа их отделяло всего пятьдесят километров, генералы все еще не представляли, как верховное командование намерено организовать наступление — и германские войска оттеснили к бельгийской границе. И вот уже почти год ничего не происходило, если не считать огромных ежедневных потерь с обеих сторон.

— Я уверен, что, когда эта война кончится, в каждой французской деревушке поставят памятник павшим. Французы гонят своих солдат под огонь наших пушек, как скот на бойню.

От упоминания бойни меня передернуло. Консул увидел гримасу отвращения у меня на лице.

— Скажем так: чем скорее кончится этот кошмар, тем лучше будет для всех. Пусть даже Англия помогает Франции, пусть даже наши убогие союзнички австрияки едва сдерживают наступление русских, войну выиграем мы! Но нам нужна ваша помощь.

Моя? Чтобы покончить с войной, стоившей жизни десяткам тысяч людей, как я прочла или, может быть, услышала на одном из тех редких ужинов в Гааге, на который меня пригласили? Что он имеет в виду?

И внезапно, будто въяве услышав голос Франца, я вспомнила его прощальное предостережение: «*Что бы ни предложил вам Крамер — не соглашайтесь*».

Меж тем мое положение было просто отчаянным. Я по-настоящему нуждалась, чтобы не сказать «бедствовала», у меня не было крыши над головой, долги мои росли. Я знала, чем мне предложат заняться, но была уверена, что найду способ ускользнуть из ловушки. Не впервой.

Я попросила Крамера перейти прямо к делу. И мгновенно консул весь как-то одеревенел и резко изменил тон. Я больше не была для него посетительницей, с которой следовало быть любезной хотя бы поначалу. Он уже обращался со мной как со своей подчиненной.

— Из вашей записки я понял, что вы хотите в Париж. Я могу вам это устроить. А кроме того, мы вам выдадим нечто вроде вспомоществования в сумме двадцати тысяч франков.

— Этого недостаточно, — сказала я.

— Когда пройдет испытательный срок и станет понятно, насколько хорошо вы справляетесь с работой, — прибавим. Не беспокойтесь, на это мы деньги не жалеем. Но взамен мне будут нужны все сведения, какие вы сумеете раздобыть в тех кругах, где привыкли вращаться.

«Отвыкла, — подумала я. — Еще неизвестно, как меня встретят в Париже после такого долгого отсутствия, тем более что полтора года назад я уехала оттуда в турне по Германии».

Крамер вынул из ящика стола три маленьких стеклянных пузырька и протянул мне.

— Это симпатические чернила. Всякий раз, узнав интересные для нас новости, запишите и переправьте их капитану Гофману, он будет с вами на связи. И никогда не подписывайтесь собственным именем.

Он пододвинул к себе листок бумаги, пробежал его глазами и поставил какую-то отметку.

— Ваша агентурная кличка будет H21. Не забудьте! H21.

Я никак не могла решить, кажется ли мне происходящее забавным, пугающим или нелепым. Уж кличку они могли бы выбрать получше, эта больше напоминала номер места в поезде.

Из другого ящика Крамер вынул пачку денег и вручил мне двадцать тысяч франков.

— В комнате напротив вам выправят все недостающие бумаги — паспорта и пропуска. Как вы, должно быть, понимаете, через линию фронта вам не проехать. Так что придется отправиться вначале в Лондон, а уже оттуда — в этот ваш любимый город, где наши доблестные войска вскоре пройдут маршем под этой помпезной, но фальшивой Триумфальной аркой.

От Крамера я вышла со всем необходимым: деньгами, двумя паспортами и охранными грамотами. Проходя через мост, распечатала пузырьки и вылила в воду их содержимое. Симпатические чернила! Забава для играющих в войну детишек. Я и представить не могла, что есть еще взрослые люди, всерьез занимающиеся такими глупостями. Я дошла до консульства Франции и потребовала у торгового атташе устроить мне разговор с начальником военной контрразведки. Мое требование было встречено недоверчиво:

— А зачем он вам понадобился?

Я сказала, что у меня частное секретное дело и что не буду же я говорить о нем с тем, кто не уполномочен. Видимо, это прозвучало достаточно убедительно, потому что он соединил меня по телефону со своим начальником, не назвавшим своего имени. Я подробно рассказала, как меня вербовала немецкая разведка, и попросила назначить мне встречу в Париже. Мой собеседник спросил, как меня зовут, сказал, что он мой большой поклонник, и заверил, что как только я приеду в Город-светоч, со мною немедленно свяжутся. Я сказала, что еще не знаю, где остановлюсь.

— Не беспокойтесь, мы сами вас найдем. В этом и состоит наша работа.

Жизнь тем временем снова стала захватывающей, хотя я узнала об этом только по выходе из консульства. К моему несказанному удивлению, в гостинице я обнаружила записку от одного из директоров Королевского театра с просьбой о срочной встрече. Театр одобрил мою древнеегипетскую затею и приглашал меня дать несколько представлений, при условии что я не стану раздеваться донага. Я подумала, что это не может быть совпадением, только не знала, кто мне поворожил — немцы или французы.

Я приняла условия театра. Поделила программу на четыре части: танцы Невинности, танцы Страсти, танцы Целомудрия и танцы Верности. Местные газеты обмазывали меня елеем, но после восьми спектаклей я уже опять умирала от тоски и мечтала только об одном — вернуться в Париж.

В Амстердаме у меня было восемь часов, чтобы пересесть на пароход до Англии. Я вышла прогуляться и встретила уже знакомого мне попрошайку, снова певшего про Тею. Увидев меня, он прервал свою песню:

— Почему за тобою следят?

— Потому что я хороша собой, обольстительна и знаменита, — ответила я.

— Нет, — сказал он, — не поэтому. Двое каких-то мужчин следовали за тобой по пятам, а смекнув, что замечены, словно растворились в воздухе.

Я уже и не помню, когда в последний раз вступала в разговоры с нищим на улице; даме это не пристало, а я дама, хотя мои завистники видят во мне актерку и проститутку.

— Сейчас ты в раю, просто не понимаешь этого. Конечно, здесь скучновато, но на то он и рай. А ты опять ищешь приключений. Не сочти за дерзость, но люди — ужасно неблагодарные твари и вечно недовольны своей долей.

Я поблагодарила его за заботу и пошла прочь. Что это за рай, где никогда не происходит ровным счетом ничего, заслуживающего внимания? Я искала не счастья, а того, что французы называют «la vrai vie» — полной жизни. С ее невыразимой красотой и мгновениями черного отчаянья, с ее верностью и предательством, с ее страхами и ощущением мира и безопасности. Когда нищий предупредил, что за мною следят, я почувствовала, что теперь мне выпала более важная, чем прежде, роль — от меня зависели судьбы мира, я могла принести победу французам, притворяясь, будто шпионю для немцев. Иные утверждают, будто Бог — математик, но они не правы. Бог, если он существует, — шахматист, он просчитывает ходы противника, а потом побеждает его.

И я, Мата Хари, делала то же самое. Каждый луч света и каждое мгновение тьмы были для меня ходами в шахматной партии. Именно так я спаслась от мужа и стойко перенесла, когда он отнял у меня мою дочь — от знакомых я узнала, что бедняжка вклеила мою фотографию в школьный пенал, — и все это деятельно и без единой жалобы. В тот день, когда мы с Астрюком кидали в море камни, я вдруг осознала, что всегда была воительницей и ни разу не уклонилась от битвы, потому что из битв и состоит жизнь.

И восемь часов ожидания, и само путешествие пролетели быстро, и вот я уже схожу с корабля в Брайтоне. Но едва я успела сделать несколько шагов по английской земле, как меня задержали и допросили. Похоже, англичанам я показалась подозрительной — может быть, оттого, что я путешествовала в одиночку, а скорее всего, оттого, что кто-то из французской контрразведки видел, как я входила в немецкое консульство, и поставил в известность союзников. Но никто ничего не знал о моем звонке во Францию и о том, как я предана этой стране.

Следующие два года я очень много путешествовала, побывала в странах, которые прежде знала только по названиям, еще раз съездила в Германию в надежде найти хоть что-то из моих вещей, а после меня опять с пристрастием допрашивали англичане, хотя разведчики не могли не знать, что я работаю на союзную Францию. И все это время я продолжала знакомиться с самыми привлекательными мужчинами и посещать самые роскошные рестораны и наконец встретила свою первую настоящую любовь — русского офицера, ослепленного... нет, не моей красотой, но горчичным газом.

Ради этого человека я была готова на все. Рискуя собой, поехала к нему в Виттель.

Моя жизнь обрела новый смысл. Ночью, ложась в постель, повторяла строки «Песни Песней»:

«На ложе моем ночью искала я того, которого любит душа моя, искала его и не нашла его.

Встану же я, пойду по городу, по улицам и площадям, и буду искать того, которого любит душа моя; искала я его и не нашла его.

Встретили меня стражи, обходящие город: "не видали ли вы того, которого любит душа моя?"

Но едва я отошла от них, как нашла того, которого любит душа моя, ухватилась за него, и не отпустила его».

Я проводила ночи у его постели и когда он корчился от боли, промывала ему глаза и смазывала его обожженную кожу.

Но когда я увидела его в суде, когда услышала его слова, что никогда в жизни он не полюбил бы женщину на двадцать один год старше себя и что я нужна ему была только как нянька, чтобы ходить за ним, — мне показалось, будто сердце мне пронзил бритвенно-острый клинок.

А судя по тому, что мне потом рассказал негодяй Ладу, именно мои хлопоты о разрешении на поездку в Виттель показались ему особенно подозрительными.

Больше, дорогой мэтр, мне нечего добавить к этой истории. Вы и без меня превосходно знаете, что произошло после.

Но во имя моих незаслуженных страданий, во имя всего того, что я вынесла и еще должна буду вынести — я имею в виду клевету и напраслину, возведенную на меня в суде, эту ложь с обеих сторон — как будто немцы и французы, что так упоенно убивали друг друга на поле битвы, объединили усилия, чтобы погубить одну женщину, чьим самым большим грехом было желание стать свободной, да широкие взгляды, неуместные в нашем все более и более ограниченном мире... Во имя всего этого, мэтр Клюне, если президент отклонит мою просьбу о помиловании, сохраните, пожалуйста, это письмо для моей дочери Нон и отдайте ей, когда она подрастет настолько, чтобы понять все, о чем в нем говорится.

Вернувшись в Париж из Голландии, я увиделась с Габриелем Астрюком. Он сказал, что в стране крепнут антисемитские настроения и мое общество может сильно навредить ему, так что больше мы с ним не встречались. Но еще тогда, в Нормандии, он рассказал мне об одном писателе по имени Оскар Уайльд. Я без труда отыскала упомянутую им «Саломею», но никто не согласился вложить хотя бы сантим в постановку этой пьесы: у меня-то денег не было, но я рассчитывала на помощь своих влиятельных друзей — и, как выяснилось, напрасно.

Почему я пишу об этом? Почему меня так увлекли книги этого англичанина, виновного только в том, что он смел любить мужчину, и умершего в одиночестве тут, в Париже, где ни один близкий человек не пришел проводить его в последний путь? Как было бы хорошо, если бы и меня обвинили в этом же грехе — за минувшие годы я побывала в объятиях не только у многих достославных мужей, но и у их ненасытно жадных до новых удовольствий жен. Но никто не посмеет, ибо моим обвинителям пришлось бы выступать свидетелями на моем суде.

Но вернемся к англичанину. На родине его кляли, на чужбине им пренебрегали, я же, прочитав за время своих бесконечных путешествий его пьесы, обнаружила потом, что он писал и детские сказки.

«Один студент хотел пригласить на танец свою милую, но она сказала, что станет с ним танцевать, только если он принесет ей красную розу. К несчастью, в саду у студента, росли лишь желтые и белые розы.

Стенания влюбленного услышал соловей, и ему стало жаль бедного юношу. Вначале он подумал, не спеть ли для студента прекрасную песню, но понял, что от этого бедолага только погрузится в меланхолию и ему станет еще хуже.

Бабочка, порхающая по саду, спросила, что происходит.

— Он страдает от любви. Ему нужна красная роза.

— Ах, как это глупо — страдать от любви, — сказала бабочка.

Но соловей очень хотел помочь студенту. Он подлетел к огромному розовому кусту, усыпанному белыми розами.

— Дай мне, пожалуйста, красную розу.

Розовый куст сказал, что это невозможно, и пусть соловей поищет другой куст, чьи цветы только теперь стали белыми, а прежде были красными.

Соловей так и сделал. Он облетел весь сад и нашел один старый изломанный куст.

— Дай мне красную розу, — попросил соловей.

— Годы мои не те — цвести красным, — ответил куст. — Зима заморозила кровь в моих жилах, а солнце выбелило мои лепестки.

— Одну только розу, — умолял соловей. — Должен же быть способ ее получить!

И действительно, был один способ, но был он так ужасен, что розовый куст не решился открыть его соловью.

— Я не боюсь. Скажи мне, что я должен сделать, чтобы получить мою красную розу.

— Ты должен вернуться сюда, когда взойдет луна, и, прижавшись грудью к моим шипам, всю ночь петь для меня свои самые прекрасные песни. Твоя живая кровь перельется в мои жилы и обагрит собою розу.

И соловей сделал то, что велел ему куст, потому что был уверен: Любовь дороже жизни и можно пожертвовать жизнью во имя Любви. И когда взошла луна, соловей прилетел к розовому кусту, прижался грудью к шипу и запел. Вначале он пел о влюбленных юноше и девушке. Следом — о том, что любовь дороже всего на свете. И пока луна катилась по небу, со-

ловей пел, и лепестки великолепной розы начали розоветь от его крови.

— Крепче, — сказал куст. — Прижмись ко мне крепче, потому что рассвет близок.

И соловей крепче прижался к шипу, и острие коснулось его сердца. Но соловей все пел и пел, пока роза не стала алой, как его кровь.

Обессиленный, зная, что умирает, соловей сорвал прекраснейший из всех красных цветов и полетел к студенту. Положил розу на карниз, упал и умер.

Студент услышал легкий шум, распахнул окно — и вот оно, то, о чем он мечтал больше всего на свете. Уже рассвело. Юноша схватил розу и побежал к дому своей милой.

— Вот роза, о которой вы меня просили! — вскричал он, сконфуженный и счастливый одновременно.

— Это не вполне то, чего я хотела, — ответила девушка. — Такая большая и красная... она не пойдет к моему туалету.

К тому же я уже получила другое приглашение на сегодняшний бал.

В отчаянии юноша швырнул розу на дорогу, и ее тут же раздавило колесом проезжающей телеги. А студент вернулся к своим книгам — они никогда не требовали от него невозможного».

Такова моя жизнь — это я соловей, отдавший все и от этого погибший.

Искренне Ваша,

Мата Хари

(прежде известная под именем Маргарета Зелле, данным ей родителями, вынужденная в замужестве сменить его на госпожу Маклеод и в конце концов за жалкие двадцать тысяч франков превратившаяся для немцев в H21)

ЧАСТЬ ТРЕТЬЯ

Париж, 14 октября 1917 года

Глубокоуважаемая госпожа Мата Хари,

Вам еще неизвестно, что президент Республики отклонил ваше прошение о помиловании. Следовательно, завтра мы с вами увидимся в последний раз.

Впереди еще одиннадцать часов, и я знаю, что этой ночью не сомкну глаз. Оттого я пишу это письмо — его не прочтет та, которой оно адресовано, но я намерен приобщить его к делу. Хотя с юридической точки зрения это совершенно бессмысленно, я собираюсь бороться за ваше доброе имя.

Я не стану оправдываться перед вами и доказывать, что вовсе не был худшим из адвокатов, как вы, досадуя, называли меня в письмах. Но я хочу отпустить себе самому не совершенный грех, а для этого мне нужно еще раз — пусть мысленно — пережить хождения по мукам последних месяцев. Я взошел на голгофу, пытаясь спасти женщину, которую втайне от всех и от нее самой когда-то любил. Но, говоря сейчас о хождении по мукам, я имею в виду муки всего французского народа — нет семьи в нашей стране, где не оплакивали бы павшего на фронте сына. Это ожесточило нас, мы стали несправедливы и безжалостны, мы совершаем поступки, о которых прежде нельзя было и помыслить. Сейчас, когда я пишу эти строки, в двухстах километрах отсюда разгораются новые нескончаемые битвы. Самая страшная, самая кровопролитная началась по нашей вине, из-за нашей беспечности и наивности: мы всерьез полагали, будто двести тысяч французских солдат будут в состоянии справиться с миллионной немецкой армией, рвавшейся к нашей столице. И несмотря на мужество наших войск, нам даже ценой многотысячных потерь не удалось отбросить противника, и линия фронта осталась там же, где она проходила в 1914 году, когда немцы начали вторжение.

Милая Мата Хари, самая большая ваша ошибка заключалась в том, что в своем желании принести пользу вы положились на негодного человека. В правительстве к начальнику военной контрразведки Жоржу Ладу давно относились с подозрением. Он был одним из вдохновителей дела Дрейфуса — позорнейшей судебной ошибки, приведшей к разжалованью и ссылке невинного. После своего разоблачения Ладу оправдывался тем, что старался «не только предусмотреть действия наших врагов, но и не допустить, чтобы они ослабили моральный дух наших друзей». Он добивался повышения в должности и, не получив его, озлился. Ему до зарезу был необходим громкий процесс, чтобы вернуть себе былое расположение власть имущих. И можно ли было придумать лучшего козла отпущения, чем всемирно известная артистка, предмет восхищения мужчин и зависти женщин, которую сильные мира сего прежде обожествляли, а теперь ненавидят всеми силами души.

Народ не может думать только о погибших в верденской мясорубке, о погибших на Марне и Сомме, народу нужно какое-нибудь развлечение с привкусом победы. Ладу понимал это и начал плести свою омерзительную сеть в тот самый момент, когда впервые вас увидел. Вот как он описал вашу первую встречу у себя в дневнике:

«*Вошла ко мне в кабинет, словно на сцену вышла — в вечернем платье и с явным намерением произвести впечатление. Я не предложил ей сесть, но она пододвинула стул и устроилась перед моим рабочим столом. Рассказала, как ее завербовал немецкий консул в Гааге, и предложила свои услуги в качестве двойного агента. Заодно подпустила шпильку по поводу моих агентов, осуществлявших за ней наружное наблюдение:*

— Не могли бы ваши друзья оставить меня ненадолго в покое? Всякий раз, когда я выхожу из гостиницы, они вламываются ко мне в номер и все там переворачивают вверх дном. Стоит мне зайти в кафе, как они усаживаются за соседний столик. Они уже распугали всех моих приятелей. Я столько вложила сил и души в дружеские связи, и вот, пожалуйста, из-за вас люди не хотят показываться в моем обществе».

Я осведомился, каким же образом она собирается послужить родине.

— Вы знаете каким, — развязно ответила она. — Для немцев я Н21, может, хоть у французов достанет вкуса выбрать псевдоним поизящней для той, что тайно помогает их родине.

Я сказал, что фраза ее двусмысленна и неприлична.

— О вас говорят, будто вы дорого цените свои услуги, в чем бы они ни заклю-

чались. В какую сумму они обойдутся французской казне?

Ответ был:

— Мне нужно все или ничего.

Когда она вышла, я попросил секретаршу прислать мне ее досье. Прочитал собранные материалы — боюсь, мы разоримся на слежке за этой женщиной! — и не нашел ничего подозрительного. Но, вероятно, мы просто недооценили ее ум, и ей удавалось обманывать агентов и умело скрывать свою вредительскую деятельность».

То есть, в глазах Ладу вы были виновны всегда, просто он не сумел еще найти доказательств. Филеры информировали его о каждом вашем шаге, а когда вы повезли своего ослепшего в газовой атаке русского возлюбленного на воды в Виттель, подборка донесений разбухла до смешного.

«Объект сопровождает раненого офицера, который лет на двадцать моложе ее. По ее постоянной взвинченности, по ма-

нере двигаться и по ряду других признаков можно судить, что объект находится под воздействием наркотических средств, вероятно, морфина или кокаина.

Одному из постояльцев объект сказала, будто имеет отношение к голландскому королевскому дому. Другому — что у нее есть замок в Нёйи. Однажды вечером, когда мы вернулись к наблюдению после ужина, объект в большом зале пела для группы молодых людей. Мы почти убеждены, что единственной целью объекта было растление невинных душ, восхищенных тем, что до них снизошла, как они думали, «звезда парижских подмостков».

Когда ее спутник вернулся на фронт, объект пробыл в Виттеле еще две недели, гуляя, обедая и ужиная в полном одиночестве. Нам не удалось зафиксировать ни единого контакта с вражескими агентами, но кому в здравом уме придет в голову провести столько времени на водах, если у него нет скрытых мотивов? Мы вынуж-

дены признать, что, несмотря на неусыпное наблюдение, объект нашел способ обмануть нашу бдительность».

Тем временем, милая Мата Хари, вам был нанесен еще один предательский удар. Немцы тоже следили за вами — куда более аккуратно и с куда более заметными результатами. С первой вашей встречи с капитаном Ладу они поняли, что вы намерены вести двойную игру. Пока вы восстанавливали силы в Виттеле, консула Крамера, завербовавшего вас в Гааге, допрашивали в Берлине. Следователей интересовало, почему он выделил двадцать тысяч франков человеку, столь сильно отличающемуся от нормальных агентов, как правило — незаметных и почти невидимых. Почему решил, что столь знаменитая и яркая личность захочет помочь Германии? Быть может, и сам консул Крамер находится в сговоре с французами? Отчего H21 до сих пор не прислала НИ ЕДИНОГО донесения? Время от времени другие агенты выходили с нею на связь — обычно встречи происходили в общественном транспорте, — и просили предоставить им хоть какие-то сведения, но H21 только обольстительно улыбалась и говорила, что пока ей не удалось ничего узнать.

Однако в Мадриде немецким наблюдателям повезло перехватить письмо, отправленное вами мерзавцу Ладу. В этом письме вы подробно описываете свой разговор с высокопоставленным немецким офицером, назначившим вам встречу прямо под носом у французских агентов.

«Он спросил меня, удалось ли мне раздобыть какие-нибудь сведения и отправила ли я их? Быть может, мои донесения просто затерялись? Я сказала, что нет. Он захотел узнать имена тех, с кем я вступала в сношения, и я назвала своего нынешнего приятеля Альфреда Киперта.

Он пришел в бешенство и закричал, что не желает ничего знать о моих любовных связях, в противном случае ему при-

шлось бы провести целый день, заполняя страницу за страницей английскими, французскими, немецкими, голландскими и русскими именами. Я сделала вид, будто не заметила его вспышки, тогда он успокоился и предложил мне сигарету. Я закурила, приняла соблазнительную позу и стала покачивать ногою. Видимо, он решил, что собеседница ему попалась с куриными мозгами. "Вы должны, — сказал он, — извинить меня за несдержанность. Я очень вымотан. Целыми днями занимаюсь поставкой оружия и боеприпасов в Марокко". После этого я выманила у него пять тысяч франков, которые мне задолжал Крамер. Он сказал, что вообще-то не уполномочен, но что непременно даст распоряжение консульству в Гааге разобраться. "Мы всегда платим по нашим счетам", — сказал он».

Итак, подозрения немцев подтвердились. Дальнейшая судьба консула Крамера нам неизвестна, но ни у кого не осталось ни малейших сомнений в том, что Мата Хари —

двойной агент. Наш пост радионаблюдения, установленный на Эйфелевой башне, перехватывал большую часть ваших переговоров, но их невозможно было расшифровать. Ладу читал ваши донесения, но, похоже, не верил ни единому слову и даже не попытался проверить полученные от вас сведения. И тут из Мадрида в Берлин летит телеграмма. Тоже шифрованная, разумеется, но французы — и немцам прекрасно об этом известно — уже подобрали ключ к этому коду. Эта телеграмма и стала главным доказательством вашей вины, хотя не содержала ничего компрометирующего, кроме вашего “nom de guerre”*:

«H21 ПОЛУЧИЛ ИЗВЕСТИЯ О ПРИХОДЕ ПОДВОДНОЙ ЛОДКИ НА БАЗУ В МАРОККО И ВЫЕХАЛ В ПАРИЖ С ЦЕЛЬЮ ПОМОЧЬ В ОРГАНИЗАЦИИ ПЕРЕБРОСКИ ВООРУЖЕНИЯ И БОЕПРИПАСОВ К МАРНЕ. ПРИБУДЕТ В ПАРИЖ ЗАВТРА».

* Nom de guerre *(фр.)* — *здесь:* позывной, агентурная кличка.

Теперь у Ладу были все необходимые улики, и он мог предъявить вам обвинение. Но он не был глуп и понимал, что одна лишь телеграмма вряд ли убедит военный трибунал. Слишком живо еще было в памяти дело Дрейфуса, обвиненного и осужденного по анонимному навету. И он принялся расставлять силки.

Отчего провалились мои попытки доказать вашу невиновность? Даже если забыть о том, что судьи, свидетели и обвинители в глубине души осудили вас заранее, вы сами способствовали этому. Я не корю вас, но ваша склонность ко лжи, сопровождавшая вас с самого первого дня в Париже, сослужила вам дурную службу — суд не верил ни одному вашему слову, ни одному утверждению. Обвинитель нашел доказательства того, что вы не родились в Ост-Индии, а были воспитаны индонезийскими жрецами, что на самом деле вы не замужем и подделали паспорт, чтобы сбавить себе возраст. В мирное время и в гражданском суде ничто из этого не было бы принято во внимание и не повлияло бы на исход дела, но в военном трибунале казалось, будто с каждым разоблачением ветер доносит до нас грохот рвущихся бомб.

И всякий раз, когда я говорил что-то вроде: «Сразу по приезде в Париж моя подзащитная встретилась с капитаном Ладу», Ладу немедленно возражал, заявляя, что единственной вашей целью было выманить у него побольше денег, соблазнить его (подумайте, какое непростительное самодовольство, он и впрямь считал, будто вы могли заинтересоваться им — низеньким и тучным) и превратить в марионетку в руках ваших немецких хозяев. Для усиления эффекта он напомнил о налете цеппелинов накануне вашего приезда в Париж. И хотя ущерб от налета оказался невелик, не было задето ничего стратегически важного, для Ладу это послужило неоспоримым доказательством вашей вины.

У вас было все: красота, мировая слава. К вам испытывали зависть — хотя и не уважение — повсюду, где бы вы ни появлялись. Насколько я знаю, все патологические лжецы — это люди, ищущие признания и любви. Даже припертые к стенке фактами, они найдут способ выпутаться — либо с большим хладнокровием станут настаивать на своей версии, либо обвинят самого обвинителя в том, что он поверил полуправдам. Я понимаю вашу потребность сочинять о себе невероятные истории, от чего бы она ни проистекала — от неуверенности в себе или от более чем очевидного желания быть любимой. Я понимаю: не обладая толикой фантазии, невозможно держать в руках стольких мужчин, блестяще владеющих искусством манипуляции. И именно поэтому вы оказались сейчас в столь бедственном положении.

Вы любили намекать на свою близость с «принцем В.», сыном кайзера. У меня есть осведомители в Германии, и все, к кому я обращался за подтверждением, единодушно утверждали, что за время войны вы и на пушечный выстрел не приближались к ставке принца. Вы открыто, во всеуслышание похвалялись многочисленными связями в самых высоких сферах. Но, дорогая моя Мата Хари, какой агент, если он в своем уме, позволит себе такую дикость? Конечно, ваша слава шла на убыль, вы желали привлечь к себе внимание — и только навредили.

В суде лгали не вы, а ваши обвинители и их свидетели, но ваша репутация обманщицы свела на нет все мои усилия. Как смехотворен был список ваших преступлений, зачитанный на первом заседании, какая это была дикая смесь рассказанной вами правды с измышлениями ваших преследователей. Когда вы только начали понимать, в каком скверном положении оказались, и решили нанять меня, я прочел материалы вашего дела — и пришел в ужас.

Вот только некоторые из обвинений:

1) Зелле Маклеод была завербована германской разведкой и получила агентурную кличку H21 (*установленный факт*);

2) с начала военных действий дважды побывала во Франции, безусловно, по приказу своего руководства и с целью сбора информации. *(Если люди Ладу ходили за вами по пятам двадцать четыре часа в сутки — как, интересно знать, могли вы собирать информацию?)*;

3) в свой второй приезд предложила свои услуги французской военной разведке, продолжая, как выяснилось позже, передавать секретные сведения германской стороне. *(В этом утверждении целых две неправды. Вы позвонили Ладу еще из Гааги и встретились с ним в свой первый приезд во Францию. И суду не было представлено ни единого доказательства того, что вы передавали немцам хоть какие-то «секреты»)*;

4) поехала в Германию якобы на поиски затерявшегося багажа, но вернулась с пустыми руками. Была задержана британскими службами по подозрению в шпионаже. Заявила, что личность ее может удостоверить капитан Ладу, но тот, будучи запрошен бри-

танскими коллегами, сделать это отказался. За неимением улик была выслана в Испанию, где наблюдатели видели, как она немедленно направилась в немецкое консульство *(установленный факт)*;

5) потом, под предлогом передачи секретных сведений, явилась во французское консульство в Мадриде и заявила, что владеет информацией о выгрузке вооружения и боеприпасов, осуществляемой немцами и турками на побережье Марокко. Поскольку к этому моменту было доказано, что она действует как двойной агент, французская разведка не стала рисковать сотрудниками для проверки заведомо ложных сведений... *(???)*

И так далее, и так далее, один пункт безумнее другого, и нет даже смысла перечислять их все. И самая главная улика — расшифрованная французами телеграмма, которую отправили с явной целью погубить ту, кого Карл Крамер назвал во время следствия «худшей из худших шпионок, служивших нашей стране». А Ладу однажды заявил, будто ваша настоящая агентурная кличка не Н21, а Н44, и будто вы прошли обучение в знаменитой разведшколе доктора Элизабет Шрагмюллер в Антверпене.

Прежде всего остального на войне страдает человеческое достоинство. Как я уже сказал, ваш процесс необходим, чтобы продемонстрировать военные успехи французов и отвлечь внимание людей от тысяч юношей, павших на поле битвы. В мирное время ни один суд не принял бы этот бред в качестве доказательств. Но во время войны этого больше, чем достаточно.

Сестра Полин, наша с вами «связная», старается держать меня в курсе всего, что происходит в тюрьме. Однажды, смущаясь и краснея, она рассказала мне, что попросила вас показать альбом с вырезками.

— Я сама попросила. Не упрекайте ее, это не она взялась смущать бедную монахиню.

Да разве посмел бы я вас упрекнуть? С того дня я тоже стал собирать такой альбом, хотя до сих пор никогда не делал ничего подобного. Поскольку за вашим процессом жадно следит вся Франция, я не испытываю недостатка в материалах об «опасной шпионке», приговоренной к смерти. Но, в отличие от дела Дрейфуса, никто не собирает подписи в вашу защиту и не устраивает демонстрации с требованием сохранить вам жизнь.

Вот он, мой альбом, я открыл его на странице с детальным описанием того, что произошло в день вашего ареста. Удивительно, я обнаружил только одну ошибку — касательно вашего гражданства.

Не зная, что Третий военный суд уже рассматривает ее дело, или притворившись, что это ее не беспокоит, или уверовав в свою безнаказанность, ибо стоит превыше расхожих понятий о добре и зле, русская шпионка Мата Хари явилась в Министерство иностранных дел за разрешением сопровождать в действующую армию своего любовника, который был тяжело ранен, едва не ослеп, но по излечении все же был вновь послан на фронт. Местом назначения она назвала Верден: это была явная уловка, призванная показать, будто ей совершенно неизвестно, что происходит на восточном фронте. Ей сказали, что необходимые бумаги еще не прибыли, но что министр займется ее делом лично.

Ордер на арест шпионки был выписан по результатам закрытого судебного заседания, куда не допустили и журналистов. Наши читатели сумеют ознакомиться с подробностями процесса по окончании суда.

Три дня назад военный министр уже подписал и отправил военному коменданту Парижа один ордер за номером 3455-SCR 10, но оказалось, что он должен был дождаться, пока не будет официально сформулировано обвинение.

Группа из пяти человек, возглавляемая следователем Третьего военного суда, направилась в «Отель Элизе» и вошла в номер 131, где подозреваемая, одетая в шелковый халат, сидела за утренним кофе. На вопрос, не поздно ли для завтрака, она ответила, что из-за поездки в минис-

терство ей пришлось очень рано встать и что теперь она умирает от голода.

Пока арестованная одевалась, в результате произведенного обыска была обнаружена, в основном одежда и предметы дамского туалета. Среди прочего было найдено разрешение на поездку в Виттель и разрешение на работу на французской территории, датированное 13 декабря 1915 года.

Утверждая, что все это — недоразумение, которое вот-вот разрешится, арестованная потребовала составить опись всех конфискованных предметов, чтобы затем истребовать их возвращения, в случае надобности — по суду.

Анонимный источник, благодаря которому наши читатели имеют возможность раньше прочих узнавать подробности судебных процессов над разоблаченными шпионами, описал для нас первую встречу арестованной со следователем военного суда капитаном Пьером Бушардоном. По словам нашего источника, капи-

тан Бушардон ознакомил арестованную с полным списком предъявленных ей обвинений. Когда она прочитала список, капитан Бушардон спросил, намерена ли она пригласить адвоката, на что арестованная горячо заявила:

— Я невиновна. Кто-то зло подшутил надо мной. Мне случалось оказывать услуги только французской контрразведке, когда она ко мне обращалась, а это случалось нечасто.

Капитан Бушардон попросил арестованную подписать заявление об отказе от адвоката, записанное с ее слов нашим источником, что она охотно и сделала. После чего выразила уверенность, что уже вечером вернется в роскошь и комфорт своего отеля и немедленно попросит кого-нибудь из широчайшего круга своих друзей разобраться в этом абсурде.

После того как арестованная подписала отказ, ее отконвоировали в тюрьму Сен-Лазар. По дороге она пришла в истерическое состояние и все время повторяла:

«Но я невиновна! Я невиновна!». Тем временем наш корреспондент сумел побеседовать со следователем.

— Она даже не хороша собою, — сказал Пьер Бушардон. — Это абсолютно безнравственное, развращенное и лишенное чувства сострадания существо. Она играла мужчинами, разоряла их и послужила причиной по меньшей мере одного самоубийства. Я могу утверждать, что она прирожденная шпионка — по роду занятий и по призванию души.

Наш корреспондент отправился в Сен-Лазар, где его менее удачливые коллеги из других газет беседовали с директором тюрьмы. Оказалось, что господин директор разделяет мнение капитана Бушардона — присоединяется к нему и наша газета — о том, что наделавшая когда-то столько шума красота Маты Хари знавала лучшие времена.

— Теперь она хороша только на снимках, — сказал господин директор. — У женщины, которую я увидел сегодня, мешки под глазами и незакрашенная седина в волосах. И ее манеры ничуть не лучше — с

того момента, как ее привезли сюда, она не перестает кричать: «Я невиновна!» — и ведет себя, как помешанная. Хотя, возможно, у нее сейчас те дни, когда женщина не в состоянии держать себя в руках. Но, сказать по правде, я поражен, поскольку был лучшего мнения о вкусах коекого из моих друзей, так сказать, более чем близко с ней знакомых.

Меткое наблюдение господина директора тюрьмы подтвердил тюремный врач Жюль Соке: осмотрев арестованную и убедившись в том, что она не страдает никаким заболеванием, у нее нет жара, не обложен язык, что говорит о здоровом желудке, а в легких и сердце нет шумов или иных подозрительных симптомов, доктор разрешил поместить ее в одну из камер Сен-Лазара, но прежде велел передать ей с кем-нибудь из монахинь стопку полотняных прокладок для месячных истечений.

Только окончательно измучившись от нескончаемых допросов у следователя, прозванного коллегами «парижским Торквемадой», вы обратились ко мне, и я явился на ваш зов. Но было уже поздно: ваши показания окончательно опорочили вас в глазах старательного — это не тайна, об этом знает пол-Парижа, — рогоносца. Мужчина, которому изменяет жена, моя дорогая Мата Хари, схож с раненым хищником — он ищет отмщения, а не справедливости.

Читая ваши показания, я с огорчением видел, что вы больше старались напомнить о своей артистической славе и весе в обществе, нежели доказать свою невиновность. Вы без конца говорили о своих влиятельных друзьях, о громком успехе, о переполненных театрах, тогда как следовало говорить совершенно об ином: о том, что вы — невинная жертва, козел отпущения для капитана Ладу, пешка в его игре, аргумент во внутренней борьбе за место начальника военной контрразведки.

Сестра Полин рассказывала мне, что в камере вы все время плакали, проводили ночи без сна, боясь мышей, которых так много в этой гнусной тюрьме, используемой сегодня только для того, чтобы ломать сильных духом — таких, как вы. Она опасалась, что от ужаса всего происходящего вы потеряете рассудок еще до суда. Много раз вы просили госпитализировать вас — запертая в одиночной камере, не видя человеческих лиц, вы и впрямь могли сойти с ума, а в тюремном лазарете, сколь бы жалкими средствами для облегчения страданий он ни располагал, вы могли хотя бы перемолвиться с кем-нибудь словом.

Тем временем ваши обвинители были на грани отчаяния: им не удалось отыскать в ваших вещах ни единой улики. Самой ценной находкой оказался кожаный бумажник с пачкой визитных карточек. Бушардон вызвал и допросил всех этих достойных господ одного за другим, и все они — все те, кто годами так настойчиво добивался вашей благосклонности, — с жаром отрицали всякую близость с вами.

Аргументы прокурора Морне были попросту смешны. За неимением доказательств вашей вины он заявил:

— Зелле — типичная современная авантюристка. Ее способность к языкам, и в особенности ее блестящий французский, ее многочисленные и разнообразные связи, легкость, с какой она внедряется во все сферы общества, ее утонченность, ее ум и, главное, отсутствие всяких нравственных ориентиров делают из нее человека опасного и неблагонадежного если не сейчас, то в будущем.

Забавно, но даже капитан Ладу в конце концов был вынужден свидетельствовать в вашу пользу. Он написал «парижскому Торквемаде», что у него нет улик против вас, и добавил:

— *У меня нет никаких сомнений в том, что она служила нашим врагам, но ее вину необходимо доказать, я же лично не располагаю ничем, что могло бы подтвердить мои слова. Вы можете обратиться в Военное министерство, где находятся некоторые документы. Со своей стороны я убежден, что женщина, которая в наши времена так свободно и много ездит по миру и встречается с таким количеством должностных лиц, не может быть невиновна, хотя, конечно, это наблюдение не заменит прямых улик и вряд ли суд примет его к сведению.*

Я совершенно измотан, у меня путаются мысли, мне кажется, будто я пишу это письмо лично вам, что я отдам его вам и у нас еще будет время оглянуться назад и увидеть, как затягиваются наши раны, и, быть может, тогда мы сумеем стереть прошлое из памяти.

На самом деле я пишу для себя самого, чтобы убедиться, что сделал все возможное и невозможное, безуспешно пытаясь вначале вытащить вас из Сен-Лазара, затем спасти вашу жизнь и, наконец, написать книгу и разоблачить несправедливость, жертвою которой вы стали только за то, что родились женщиной, мечтали быть свободной, осмеливались обнажаться на публике и позволяли себе любить мужчин, готовых любой ценой оберегать свое доброе имя. Но спасти вас было бы возможно, только если бы вы навсегда исчезли из Франции, а лучше — из этого мира. Нет смысла рассказывать, сколько писем и ходатайств я отправил Бушардону, описывать мои попытки встретиться с голландским консулом или перечислять ошибки и полуправды Ладу. Когда следствие застопорилось из-за отсутствия улик, Ладу заявил военному коменданту Парижа, что к нему в руки попали немецкие документы — двадцать одна телеграмма, — со всей очевидностью доказывающие вашу виновность. И что же говорилось в этих телеграммах? Ничего, кроме правды: что сразу по приезде в Париж вы встретились с Ладу, что получили плату за работу, что требовали еще денег, что у вас были влиятельные приятели, но НИЧЕГО, ровным счетом ничего, что бы содержало хотя бы намек на наши военные секреты или на передвижения наших войск.

К несчастью, я не смог присутствовать на всех допросах, в силу вступил преступный «закон о национальной безопасности», и адвокатов перестали допускать к подзащитным. Еще одно уродливое антраша нашей судебной системы, как всегда, «во имя высших интересов родины». Но у меня тоже есть высокопоставленные друзья, и с их помощью мне удалось узнать, что вы обвинили капитана Ладу в пристрастности, сказали, что доверились ему, когда он предложил вам стать двойным агентом и собирать сведения в пользу Франции. К этому времени немцы уже знали, что с вами случилось, и понимали, что легко смогут опорочить вас еще сильней. Но, в отличие от моих соотечественников, они махнули рукой на агента H21 и были заняты только попыткой остановить наступление союзников, бросая в бой то, что действительно имеет значение для исхода войны: людей, горчичный газ и порох.

Я хорошо знаю славную историю тюрьмы, где вскоре увижусь с вами в последний раз. Вначале лепрозорий, затем — дом призрения, превращенный во время революции в тюрьму и место казни осужденных. Здесь нет и речи ни о какой гигиене, в камерах нечем дышать, тяжелый спертый воздух насыщен ядовитыми миазмами и просто заразен. Содержатся в этой тюрьме в основном проститутки и те несчастные, которых сдали сюда их влиятельные семьи, чтобы держать подальше от общества. Зато здесь раздолье для врачей, исследующих человеческую природу, хотя кто-то из них не выдержал и написал:

«*Эти девочки были бы чрезвычайно любопытным материалом для исследований как для врачей, так и для наших моралистов. Эти жалкие беззащитные создания (самым младшим — не более семи-восьми лет) — жертвы раздоров и тяжб за наследство, отправленные сюда родными для «отеческого исправления». Они рас-*

тут здесь, в растленной среде проституции и болезней, пока не достигают восемнадцати-двадцати лет. Тогда их выпускают на волю — с надломленными силами и нежеланием жить».

Одна из ваших сокамерниц принадлежит к тому небольшому кругу, который мы нынче называем «борцами за женские права». Хуже того, у нее «пораженческие настроения», она «капитулянтка», «антипатриотка» и смеет открыто осуждать войну. Ее зовут Элен Брион, и обвиняют ее в том же, в чем и вас: получение денег от Германии, контакты с солдатами и оружейными фабрикантами. Кроме того, она возглавила профсоюз учителей и распространяла листовки с требованиями женского равноправия.

Скорее всего, Элен ждет тот же конец, что и вас, хотя, быть может, ее спасут французское гражданство, друзья-журналисты и тот факт, что она никогда не пускала в ход то оружие, которое вам, по мнению всех ревнителей нравственности, обеспечило место в одном из кругов дантова ада — обольщение. Госпожа Брион носит мужской костюм и гордится этим. К тому же ей вменяют в вину не шпионаж, а измену, и судит ее Первый военный суд, а он слывет более справедливым, нежели тот, где председательствует Бушардон.

Я и не заметил, как меня сморил сон. Смотрю на часы — осталось всего три часа до нашей последней встречи в тюрьме. Невозможно описать все, что произошло с тех пор, как вы — неохотно, против воли — наняли меня. Вы были уверены, что одной вашей невиновности достаточно, чтобы выпутаться из сетей нашей юридической системы, которая когда-то составляла предмет нашей гордости, а за годы войны превратилась в настоящее извращение правосудия.

Подхожу к окну. Город спит, если не считать собранных со всей Франции солдат, с песнями марширующих к вокзалу Аустерлиц и не ведающих, какая судьба их ждет. Нет покоя от слухов. Накануне с утра говорили, будто мы оттеснили немцев за Верден, а днем одна газета, привыкшая кликушествовать, напечатала, что турецкие полки высадились в Бельгии и движутся к Страсбургу, где и начнется решающее наступление. По нескольку раз на дню нас швыряет от ликования к отчаянию.

Невозможно уместить в одном письме все, что происходит с 13 февраля, когда вас арестовали, и до того момента, когда вас поставят к стенке. Оставим это истории, я надеюсь, она воздаст должное мне и моим усилиям. Быть может, со временем она подтвердит и вашу правоту, хотя в этом я сомневаюсь. Вы ведь не просто человек, несправедливо обвиненный в шпионаже, — вы посмели бросить вызов устоям нашего общества, а такое не прощается.

Впрочем, мне понадобится не больше страницы, чтобы вкратце рассказать, что произошло потом. Следователи попытались установить, на какие средства вы живете, но, едва получив первые сведения, немедленно их засекретили, потому что сразу стало понятно, какие важные люди будут затронуты разбирательством. Ваши «друзья-любовники» все до одного отреклись от вас. Даже ваш русский возлюбленный, который внушил вам такую страсть, что ради него вы, презрев опасность, бросились в Виттель, что было очень рискованно и не могло не навлечь на вас подозрения, — так вот, даже он предстал перед судом — еще с повязкою на глазу — и зачитал по-французски свои показания с единственной целью: прилюдно унизить вас. Под подозрение попали даже магазины, где вы одевались, и газеты сочли своим долгом предъявить публике ваши неоплаченные счета, хотя вы и твердили постоянно, что все это были подарки ваших «приятелей», которые передумали и внезапно отказались платить за них.

Судьи были вынуждены все время выслушивать глубокомысленные перлы Бушардона, который то заявлял, что «сколь бы искусен ни был мужчина в военном деле, в войне полов побеждает женщина», то утверждал, что «когда идет война, всякий контакт с гражданами вражеского государства подозрителен и предосудителен». Я обратился к голландскому консулу с просьбой доставить из Гааги вашу одежду, чтобы при оглашении приговора вы могли выглядеть достойно. И каково же было мое удивление, когда я узнал, что правительство Голландии официально уведомили о начале процесса только в день первого заседания, хотя голландские газеты вполне регулярно публиковали отчеты о ходе вашего дела. Впрочем, консул все равно ничем бы мне не помог, ибо очень уж опасался, что вмешательство в ваше дело несовместимо со статусом нейтральной державы.

24 июля я увидел вас — вы входили в здание суда. Волосы ваши были в беспорядке, полинялое платье измято, но шли вы с гордо поднятой головой и твердым шагом, словно показывая всем, что удел свой при-

емлете, но унизить себя не дадите. Вы знали, что битва проиграна и вам остается только уйти с достоинством. Днем раньше по приказу маршала Петена показательно расстреляли без счета «предателей», отказавшихся идти в лобовую атаку на германские пулеметы. В том, как вы держались перед судом, французы усмотрели вызов этому приговору и...

Довольно! Хватит думать о том, что, несомненно, будет преследовать меня до конца дней. Да, я буду жалеть, что она ушла, и в каком-нибудь тайном темном месте прятать свой стыд за совершенную ошибку или за вздорную мысль, что правосудие по законам военного времени ничем не отличается от обычного. Я буду нести этот крест, но если хочешь, чтобы рана затянулась, — не растравляй ее.

Меж тем ее обвинителям достанутся на долю кресты потяжелее. Пусть сегодня они смеются, пусть поздравляют друг друга, придет день, когда этот фарс прекратится и маски будут сорваны. А если даже и не случится такого, они-то сами знают, что осудили невинную — и лишь во имя того, чтобы отвлечь народ, точно так же, как наша революция, прежде чем воплотить в жизнь идеи свободы, равенства, братства, должна была поставить на площади гильотину и занять кровавым зрелищем тех, кому уже не хватало хлеба. Они связали одну проблему с другой, полагая, что наконец-то нашли решение, меж тем как на деле сковали тяжелую железную цепь, порвать которую невозможно, и будут влачить ее всю свою жизнь.

Есть один греческий миф, который всегда меня завораживал, и вот им, я полагаю, уместно будет завершить эту историю. Жила-была некогда царевна-красавица, вселявшая во всех, кто был вокруг, восхищение и ужас, потому, наверно, что казалась чересчур независимой. Звали ее Психея.

Отец, отчаявшись выдать ее замуж и боясь, что она так и не найдет себе жениха по нраву, взмолился к богу Аполлону, и тот решил помочь его горю: Психея, облаченная в траурное одеяние, должна провести в одиночестве ночь на вершине горы. Еще до рассвета явится туда змей и женится на ней. Забавно, что на своей самой знаменитой фотографии ты снята со змеей на голове.

Но вернемся к мифу: отец исполнил повеление Аполлона, и Психея отправилась на вершину горы и там, полумертвая от страха и холода, наконец уснула, не сомневаясь, что скоро умрет.

Но проснулась она царицей в роскошном дворце. Каждую ночь приходил к ней супруг, но ставил ей одно-единственное условие: не пытаться увидеть его лицо и доверять безоговорочно.

И Психея через несколько месяцев влюбилась в него и узнала, что зовут его Эрот. Она обожала разговаривать с ним, получала безмерное наслаждение от любовных игр, пользовалась уважением, которое заслуживала. Но ее по-прежнему ужасало, что она в женах у змея.

И однажды ночью, не в силах совладать со своим любопытством, она дождалась, пока ее возлюбленный уснет, осторожно сдвинула простыню, зажгла свечу и увидела его божественно красивое лицо. Но свет разбудил его, и, поняв, что жена не смогла выполнить то единственное, о чем он просил, Эрот исчез.

Каждый раз, вспоминая этот миф, я думаю: неужто нам и вправду не дано увидеть истинный лик любви? И понимаю, что же на самом деле хотели сказать нам древние этой притчей: любовь — это прежде всего акт веры другому и в другого человека, чье лицо всегда должно быть скрыто от нас покровом тайны. Каждое мгновение надо ощутить и прочувствовать, а если попытаться понять его тайный смысл, постичь разумом — волшебные чары рассеются. Мы следуем путями любви — светоносными или мучительными, — поднимаемся на высочайшие вершины или спускаемся в бездонные глубины морей, но веруем в руку, ведущую нас. И если не позволим себе испугаться, то проснемся в сияющих чертогах; если же будем бояться сделать те шаги, что требует от нас любовь, если захотим, чтобы все было явлено и открыто, то в итоге не добьемся ничего.

И еще я думаю, моя обожаемая Мата Хари, что именно эту ошибку ты и совершила. Проведя столько лет на горном леднике, ты в конце концов полностью разуверилась в любви и решила превратить ее в свою служанку. Но любовь не покоряется никому, хоть и предает лишь тех, кто пытается отыскать ключ к ее тайне.

Сейчас ты в плену у французского народа и обретешь свободу — это так же неизбежно, как ежедневный восход солнца. Твоим обвинителям придется с каждым днем все сильнее натягивать цепи, откованные в оправдание твоей гибели, и в конце концов они запутаются в них сами. У греков есть слово «метанойя», сочетающее в себе множество противоречащих друг другу значений. Иногда этим словом определяют раскаяние, покаяние, признание в грехах, обещание не повторять больше таких ошибок.

Но порой оно значит — идти дальше известного, оказаться лицом к лицу с неведомым и, лишившись памяти, не знать, каков будет следующий шаг. Мы ведь крепко связаны с нашей жизнью, с нашим прошлым, с понятиями того, что сами считаем верным или ошибочным, — и вдруг все меняется. Мы бесстрашно шагаем по улицам, раскланиваемся с соседями — и вдруг они становятся незнакомцами, огораживают себя колючей проволокой, а мы теряем способность видеть вещи такими, каковы были они минуту назад. Так случится со мной и с немцами, но главным образом с теми, кто решил, что проще послать на смерть невинного, нежели признать собственные ошибки.

Жаль, что происходящее сегодня уже происходило вчера и произойдет завтра и будет происходить до скончания века или до тех пор, пока человек не поймет: он не только то, что он думает, но скорее — то, что он чувствует. Тело быстро устает, а дух всегда свободен и когда-нибудь поможет нам спрыгнуть с этой адской карусели, где каждое поколение круг за кругом совершает одни и те же ошибки. И хотя мысли всегда остаются прежними, есть на свете такое, что сильнее их, и это называется Любовью.

Потому что, когда мы любим по-настоящему, мы лучше понимаем других и самих себя. И не нуждаемся в словах, документах, протоколах, свидетельствах, в обвинениях и защите. Нам нужно лишь то, о чем сказано в книге Екклесиаста:

«*Еще видел я под солнцем: место суда, а там беззаконие; место правды, а там неправда. И сказал я в сердце своем: "праведного и нечестивого будет судить Бог; потому что время для всякой вещи и суд над всяким делом там"*».

Да будет так. Ступай с Богом, любимая.

ЭПИЛОГ

L'espionne Mata-Hari a été fusillée hier matin à Vincennes

C'est hier matin qu'a été passée par les armes la danseuse Mata-Hari — ou plutôt l'espionne Marguerite-Gertrude Zelle, qui avait profité de l'accueil qu'on lui faisait dans notre pays pour le trahir pendant plusieurs années. Elle avait été condamnée à mort le 24 juillet dernier par le 3e conseil de guerre de Paris, pour espionnage et intelligences avec l'ennemi.

Avant la guerre, elle était déjà à la solde de l'Allemagne. Fréquentant, à Berlin, les

Mata-Hari Cl. Talbot.

milieux politiques, militaires et policiers, elle était immatriculée sus les registres de l'espionnage boche.

Dès le début des hostilités, elle s'aboucha directement, hors du territoire français, avec de hautes personnalités ennemies. Depuis le mois de mai 1916 elle reçut de l'Allemagne, à diverses reprises, des sommes importantes comme rémunération des indications dont elle se fit la pourvoyeuse.

C'est le 13 février 1917, au cours de son deuxième voyage en France, qu'elle fut arrêtée.

Le Petit Parisien. 16 октября 1917 г.

19 октября, через четыре дня после казни Маты Хари, был обвинен в шпионаже в пользу Германии и взят под стражу ее главный обвинитель, инспектор Ладу. Он настаивал на своей невиновности, его активно допрашивали в контрразведке, но благодаря цензуре, ужесточенной во время войны, в газеты не просочилось ни слова о его аресте. Ладу пытался доказать, что секретные сведения были ему подброшены противником, чтобы скомпрометировать его:

— Я не виноват, что моя работа в конце концов сделала меня уязвимым для разного рода интриг, покуда немцы собирали данные, необходимые для вторжения.

В 1919-м, через год после окончания мировой войны, Ладу освободили, однако худая слава двойного агента преследовала его до могилы.

Тело Маты Хари было захоронено в безымянной могиле, найти которую не удалось. По принятым в ту пору правилам ее голову отделили от туловища и передали представителям власти. В течение многих лет она хранилась в Анатомическом музее на парижской улице Сен-Пер, но потом — когда именно, осталось невыясненным — исчезла оттуда. Ответственные лица хватились ее лишь в 2000 году, хотя можно с уверенностью предположить, что похитили ее значительно раньше.

В 1947 году прокурор Андре Морне, который к этому времени уже был публично разоблачен как один из тех юристов, которые запускали механизм отмены «поспешной натурализации» в 1940 году, и как лицо, несущее значительную долю ответственности за гибель женщины, названной им «современной Саломеей, чья единственная цель — передавать немцам головы наших солдат», признался журналисту и писателю Полю Гимару, что весь процесс строился на предположениях, допущениях, экстраполяциях, и под конец произнес такую фразу:

*«Между нами говоря, очевидность
ее вины была столь сомнительна,
что этого не хватило бы даже на то,
чтобы высечь кошку».*

ОТ АВТОРА

Хотя все события, изложенные в этой книге, действительно имели место, я счел себя обязанным сочинить некоторые диалоги, создать некоторые сцены, изменить очередность некоторых (очень немногих) эпизодов и исключить из повествования все, что мне показалось незначительным и лишним. Эта книга ни в малейшей степени не претендует на жизнеописание Маргареты Зелле.

Тем, кто захочет более подробно ознакомиться с историей Маты Хари, я рекомендую прекрасные книги — Pat Shipman,

Femme fatale: Love, Lies and the Unknown Life of Mata Hari (Harper Collins, 2007); Philippe Collas, *Mata Hari, Sa véritable histoire* (Plon, Paris, 2003): Коллас — это правнук Пьера Бушардона, одного из героев моей книги, имевший доступ к неопубликованным материалам; а также — Frédéric Guelton «Le dossier Mata Hari», Revue historique des armeés, n. 247 (2007); Russell Warren Howe, «Mournful fate of Mata Hari, the spy who wasn't guilty», Smithsonian Institution, ref. 4224533 — а также множество других материалов, использованных мной в этом исследовании.

«Досье Мата Хари», написанное сотрудниками британской разведки, было предано гласности в 1999 году и доступно в полном виде на моем сайте; кроме того, его можно приобрести в Национальном Архиве Соединенного Королевства.

Приношу благодарность моему адвокату доктору Шелби дю Паскье, вместе со своими помощниками прояснившему мне ряд важных процессуальных тонкостей; Анне фон Планта, моей швейцарской издательнице, за кропотливую проверку исторических событий (причем надо иметь в виду, что у главной героини была сильнейшая склонность фантазировать); Анни Койум, моему другу, греческой писательнице, за помощь в диалогах и в компоновке истории.

Я посвящаю эту книгу Ж.